明月思原乡

兰文 编著

中国言实出版社

图书在版编目(CIP)数据

思明原乡 / 兰文编著 . -- 北京：中国言实出版社, 2023.12

ISBN 978-7-5171-4659-9

Ⅰ. ①思… Ⅱ . ①兰… Ⅲ . ①散文集 - 中国 - 当代 Ⅳ. ① I267

中国国家版本馆 CIP 数据核字 (2023) 第 212084 号

思明原乡

责任编辑：李　颖
责任校对：李　岩

出版发行：中国言实出版社

地　　址：北京市朝阳区北苑路180号加利大厦5号楼105室

邮　　编：100101

编辑部：北京市海淀区花园路6号院B座6层

邮　　编：100088

电　　话：010-64924853（总编室）　010-64924716（发行部）

网　　址：www.zgyscbs.cn　电子邮箱：zgyscbs@263.net

经　　销：新华书店

印　　刷：三河市华东印刷有限公司

版　　次：2024年1月第1版　　2024年1月第1次印刷

规　　格：889毫米×1194毫米　1/16　10.5印张

字　　数：285千字

定　　价：68.00元

书　　号：ISBN 978-7-5171-4659-9

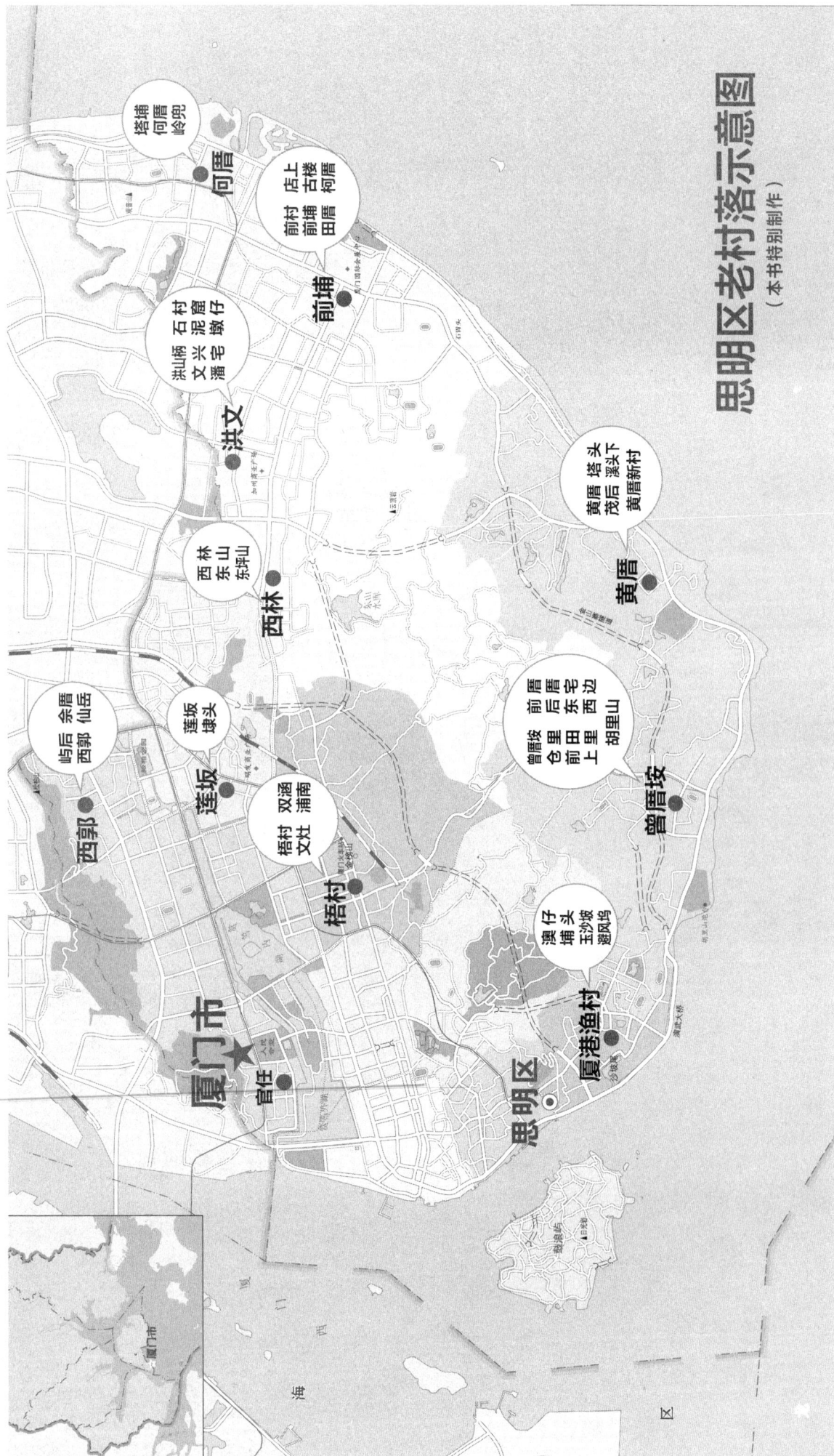

思明区老村落示意图

（本书特别制作）

塔埔 何厝
岭兜

何厝

店上 古楼
前村 柯厝
前埔 田厝

前埔

洪山柄 石村 泥宅
文兴 寮仔
潘宅

洪文

黄厝 塔头
茂后 溪头下
黄厝新村

黄厝

西林 东山
东坪山

西林

前厝 前厝
后田 东宅 西边
胡里山

曾厝垵
仓里
上里

屿后 佘厝
西郭 仙岳

西郭

莲坂
埭头

莲坂

梧村 双涵
文灶 浦南

梧村

澳仔 埔头
王沙坡 避风坞

厦港渔村

厦门市

营任

思明区

海

区

○

春色来天地　浮云变古今

厦门岛上的旧村，蕴含着一份丰富、生动的城市童年记忆。拥有厦门岛上的"半壁江山"，且是老城根原址的思明区，这份原乡记忆就更显弥足珍贵。它承载着璀璨的人文历史，当大踏步的城市建设向我们走来，这些村庄很快进入了嬗变期。它们褪去旧容，成为新崛起城市的一部分，而这些旧村的所在地就被称为"思明原乡"。

思明原乡，很早就在我童年的记忆里烙下印记。20世纪60年代，我就读于思明区的思北小学，三年级以上的小学生，每年都会由学校老师带队，到厦门乡村体验农业生产活动，去的地方基本是梧村和莲坂等地，我们一大早就步行前往稻田，大家都会兴致勃勃地在田里拔杂草……这种极具特色的场景和活动总是给当年的小学生们留下美丽而特殊的记忆。现在，思明区辖内承载乡村记忆的地方仍可找出多处，这些地方也一直蕴藏着一代代老厦门人的情感和回忆。

"锦江春色来天地，玉垒浮云变古今"，就像人们喜欢自己童年的记忆，城市建设发展也同样珍视她嬗变的记忆。《思明原乡》一书做了很好的挖掘和梳理，以思辨的精神、独到的视角，锁定了改革开放之后思明区辖内的一些村庄，从农村向城市跨越的那些瞬间，分别聚焦了何厝、前埔、洪文、西林、黄厝、曾厝垵、厦港渔村、梧村、莲坂、西郭及官任等老村庄，让人们在书里遨游之际，随着其娓娓记述，恍若身临昨日之境，再忆童年意趣。这些当年的村庄，有的已成高颜值的城市组成部分；有的尚在换装变革之中。她们都以一种崭新的姿态，向人们展示时代的进步。

记录历史、呈现过往，并非简单地描摹，这部作品恰到好处地捕捉了思明原乡中那些"钩沉"与"存真"的要素，既可追"昔日"又可抚"当今"。尤其难能可贵的是，数十年来，有一位一直默默耕耘城市景观的摄影家曾少雄先生，珍藏了那些已成为绝版的思明区农村影像，他奉献出来成为本书文字表述最好的映衬，使得本书图文并茂，可谓珠联璧合，耐人寻味，使本书不仅具有较强的可读性，还具有丰富内涵的社会科学意义和极其真实的档案价值。

今《思明原乡》新书甫成，拜读之余，想其回响必是韵味隽永而绵长！故乐为之序。

厦门区划地名学研究会会长　卢志明
癸卯初夏于兰琴轩

○

揭开村落面纱　弘扬乡土文化

思明，位于厦门岛南部，是厦门市中心城区。闻名遐迩的鼓浪屿，"中国最美大学"之一的厦门大学，宛如五彩飘带的环岛路……思明辖内缤纷多彩的景致，令蜂拥而至的游人过客，无不睁大了双眼，放慢了脚步，熏陶了心灵，连声赞叹！

思明之名，可追溯至明末清初，郑成功为了抗清复明，驻军同安县绥德乡嘉禾里改为思明州（蕴含"思念明朝"之意）。旧有思明州，今有思明区。思明是厦门岛的老城区。直至新中国成立之前，厦门市区面积仍不足 10 平方公里，位于岛上西南一隅。到改革开放前夕，市区往东扩展到厦门火车站一带，连同鼓浪屿算在里头，市区面积也仅约 22 平方公里。

假如把时间拉回到 700 多年以前，厦门城尚未建造，那时整个厦门岛都是乡村。在广袤的农田里，生长着茂盛的水稻，禾苗"一茎数穗"，由此享有美誉"嘉禾屿"——种植优良稻禾的小岛。唐代中期，中原汉人南下，迁入进里，聚族而居。南宋时期，岛上已形成二十几个聚落（或称村落）。

厦门城始建于明洪武二十七年（1394 年），原址在今天厦门市公安局周边的小块区域，城墙周长仅 1 公里多，清代扩建了城墙，周长仍不足 2 公里。厦门城是一个军事城堡，设有四座城门，四城还增设月城。

厦门城周边是郊区，郊区以外是农村。自唐至清，厦门岛（含鼓浪屿）行政隶属同安县嘉禾里二十一都至二十四都。1935年4月，厦门市成立，管辖将军祠以西到鹭江沿岸，厦禾路以南到厦门大学的区域，面积近10平方公里。岛上这片区域以外属于禾山乡下，行政隶属于禾山特种区，特种区署设于美仁宫，美仁宫及其外侧的二市便是靠近市区的禾山边界。

"禾山特种区"之前曾有禾山保甲区，是"禾山"作为行政区划地名的首次出现，"禾山"如果作为美词，则见于更早以前的文献，并非专指嘉禾屿的禾山。"禾山"作为地理名词，可证于明崇祯年间南普陀林宗载题写碑记《田租入寺志》，碑记首句指出："吾禾山普照寺，五老开芙蓉于后，太武插云霄于前。"1929年《同安县志》亦记："思明全县面积：厦门三十里，禾山二十九里，鼓浪屿六里，共计方里六十五里。"作为地理名词的"禾山"，禾既指稻禾，也指嘉禾屿，山指山区，"禾山"的意思是"种了很多水稻的嘉禾屿山区"。

时光悠悠过，城区慢慢大。不慌，不忙，犹如一壶工夫茶，浅冲慢泡，浅斟慢酌，清香氤氲，水汽蒸腾，有的是大把闲暇，有的是秋月春风，闲坐说东西，谈笑评古今。

数百年来，厦门老城区在一点一点地长大着。黄土路，石板路，水泥路，柏油路，不同质地的道路伸展开来，扩张着城区骨骼。将军祠，美仁宫，文灶，火车站，莲坂……厦门城区一次次向东向北挺进，禾山乡村一次次往后退缩。"厦门（市）在哪里？"不同年代出生的本地人，不同时期到厦门的外地人，他们眼中的厦门都不在同一地方，本地媒体曾经发起过这样的大讨论，也从侧面折射出厦门城乡的时代变迁。

但无论如何，对于多数厦门人来说，城市进入他们的生活，时间不足百年。对于在城里出生城里长大的人来说，乡村似乎早已随风飘逝，成了尘封往事，恍如隔世传说。其实，乡村一直深植于我们的骨子里，从未远去。一个个老村落，一段段原乡愁，时时萦绕于我们心灵深处，就算我们远走他乡万里，它仍然如影随形挥之不去。城市表象的下面，埋藏着深层乡土。我们既是城里人，也是乡下人，饮食起居、交通出行、修饰装扮或许属于城市，但清明扫墓、中秋赏月、春节围炉却属于乡土。我们都是一体两面之人，表面可能是城，里面依然是乡。

1945年，"禾山特种区"更名为"禾山区"。新中国成立之初，禾山区下辖12个乡，其中有5个位于今思明区：何村（何厝、石村的合称）、前埔、西林、莲坂、吴村（今梧村）。随后几年，行政区划屡屡调整，禾山区所辖乡村数量与名称频繁变动。

1958年，街道和乡镇全部改为人民公社，禾山随之改为前线人民公社；1980年恢复禾山之名，改称禾山人民公社；1984年改为禾山乡，下辖的生产大队改为村委会。在二三十年公社时期，禾山下辖22村108社，其中位于今思明区的有8个村：何厝、前埔、黄厝、曾厝垵、洪文、西林、莲坂、西郭。

在历次行政建制调整中，同一个地名，有时叫乡，有时叫生产队，有时叫村。1988年，莲坂、梧村、西郭等地实施"村改居"，2003年，何厝、前埔、洪文、西林、黄厝、曾厝垵等地实施"村改居"。2007年，思明区全面完成"村改居"，这时村委会又全变成了居委会，当年全区农业人口只剩下 2200 多人，基本上都是外来人员。再后来，居委会又改称社区居委会。

为方便叙述，本书中的"村"通常指改革开放初期的行政村，相当于公社时期的生产大队，书中的"社"指改革开放初期的自然村。闽南习惯称自然村为社，一个地域内的村民共同祭祀一个土地公为一社。本书主要讲述改革开放初期地处今思明区的 8 个村，另外加上当时算作城乡接合部的梧村、厦港渔村，以及原本隶属湖里东渡村的官任社。

全书主体内容分为三大部分：第一辑"山海交辉"，聚焦于临海的何厝、前埔到依山的洪文、西林，从思明区东端贯至偏中部；第二辑"滨海串珠"，聚焦于黄厝、曾厝垵直至厦港沿海，从思明区南部沿海延至偏西部；第三辑"傍海毓秀"，聚焦于梧村、莲坂到西郭一带，从思明区中部向北部扩展。三大部分均由"海"而发，海味十足，海城相生。

本书以片带村，以村带社。全书略记相关村社的地理、历史、人文、现状等，由于涉及面广，内容难免疏漏谬误，还望读者朋友海涵并恳请指正！

人类生活的长河，从乡村流向了城市，从昨日流到了今天。《思明原乡》尽可能地还原回原汁原味的乡村，为城市留住昨日的背影，为今人铭记先祖的来路。让我们循着本书，寻访老村落，体验乡土情。

CONTENTS
目录

第二辑
滨海串珠

第三辑
傍海毓秀

　　1987年，禾山乡划出何厝、前埔、洪文、西林、莲坂5村被划给了开元区，即今天的莲前街道、嘉莲街道范围。

　　莲前街道今辖23个社区，是思明区面积最大的街道，整体呈东北—西南走向，为长条带状，从思明区最东端通向中部腹地，从湛蓝碧波通向巍峨群山。这儿东望大小金门，南接滨海街道，西邻梧村街道，北连嘉莲街道与湖里区。

　　在两岸互不往来的冰封年代，多少双殷殷期盼的眼睛，借助望远镜，从思明区东海岸眺望碧海彼岸。在两岸热络交流的今天，厦门金门门对门，此地成了两岸亲密牵手的宝地。

　　从战斗前线到交流前沿。思路一变天地宽，没有过不了的坎，没有解不了的结，化干戈为玉帛，变弹壳为菜刀，硝烟散去，喜迎明媚艳阳天。

　　莲前路、云顶路、环岛路、环岛干道……一条条交通干道把田间变为城区，把农民变为市民，把旧貌换成新颜。

　　一个个老村落变身为新开发区，曾经的村庄是否遗留下旧村的影子？一个个老地名，蕴藏着怎样的尘封故事？时光流水，许多故事正在被流水带远了，漂没了，赶紧逆流而上，去捡拾几个发黄的残片。

第一章
何厝村

何厝村位于思明区东北角，原称何厝乡，1958年改成何厝生产大队，属前线公社，1984年改为何厝村委会，下辖塔埔社（含黄头、下堡）、何厝社（含顶何、下何）、岭兜社（含岭兜新村），1987年何厝村划入莲前街道。

伫立何厝海边，肉眼可眺望小金门岛，近在咫尺，碧波荡漾。大家熟知的香山、观音山、虎仔山，不太知道的双巷石山、半屏山、赤坡山，以及新开发的软件园二期、香山游艇码头、观音山海滨休闲区，均在旧时何厝村范围内。

何厝村北邻湖里区，并与前埔村、洪文村毗邻，东临大海，海边屿礁众多，南部海滩曾建何厝盐场。境内由北往南依次为塔埔社、何厝社、岭兜社。

长期以来，何厝村以农业为主，渔业为辅。清代《厦门志》记载："介类蚵产最盛，前村、岭兜、何厝、塔埔、下保、钟宅……业蚵为生者不下万人。"

这儿也是一个荡气回肠的英勇之地，戚继光在此训练民团，郑成功军营驻扎村口，尚武之风源远流长。当年郑成功从这里率师东征，经金门，过澎湖，登台岛，驱荷夷，成就了不朽传奇。

八面威风宋江阵，盾刀相搏小操队，年少志高小八路……20世纪50年代，这儿诞生的"英雄小八路"美名远扬，何厝村被授予"战斗的乡村，英雄的人民"称号。

原何厝村除了塔埔社、何厝社、岭兜社设置的三个社区，还新设了观音山、莲成两个社区，主干道有吕岭路、环岛东路、环岛干道、半屏山路等。

2006年的何厝村（曾少雄　摄）

塔埔社：观音山下，黄姓聚落

塔埔社位于思明区东北角，地处观音山东麓，香山北麓，由旧时的黄头、下堡、塔埔三个村社组成，黄头、下堡临海，塔埔依山，原住民主要姓黄。

黄姓聚落

塔埔社建有两个黄氏祠堂：一为大宗，一为小宗。大宗祠堂是"黄氏家庙"，堂号"雲礽堂"。"雲礽"指远孙、后继者，意指子孙兴旺、后继有人。南宋年间，同安新圩金柄的黄氏族人迁居于此，择"七星石"福地定居，肇基创业，繁衍生息，至今已有七百余年。黄氏家庙门联为：七星落地普照塔埔社，巨龙入海永保黄家寨。

门联透露出"七星石"是其在塔埔的落脚地。说来也巧，前埔的林姓先祖最初从同安迁徙过来时，也看到了一个地方有七个石头像北斗七星状排列，于是停下迁移的脚步，落地生根。他们一定认为，七星石是冥冥之中的"神示"，是上天预示的风水宝地，于是两地都有关于"七星石"的美丽传说。

今在黄氏家庙后面空地上，竖立一块写有"福"字的"七星石"，与榕树依依相伴，加上一些绿植和小石块，组成所谓的"榕园"，位于塔埔安置小区的出入口。

"黄氏小宗"祠堂前后紧挨"黄氏家庙"祠堂，门联写道：

黄氏家庙

"后楼分支震家声，雁塔落业绵世泽。"这支黄氏族人于明正统年间，从莆田迁居于此，始祖黄上石是莆田后楼乡人，奉命来厦门镇守嘉禾屿黄厝村的塔头寨，率兵抗倭，任期满后留居塔埔肇基繁衍，属黄氏"江夏堂"衍派。

"江夏黄氏"尊黄香公为始祖，从战国起，江夏郡成为黄氏重要的繁衍基地，东晋"八姓衣冠入闽"，其中带领黄氏入闽的是黄元方，他被尊为江夏黄氏入闽始祖。到了唐初，黄岸迁居莆田，后裔形成"莆阳黄氏"，黄上石为莆阳黄氏二十八世孙。与此同时，黄崖（黄岸弟弟）、黄守恭父子带领另一支族人迁居泉州，形成"紫云黄氏"，塔埔黄氏大宗便属于这支。

黄姓族人从塔埔衍播至邻近的下堡、黄头两地。1978 年末，三地村民合计 200 余户 1500 多人，大多数姓黄，是厦门岛上黄氏族群的最大聚落。

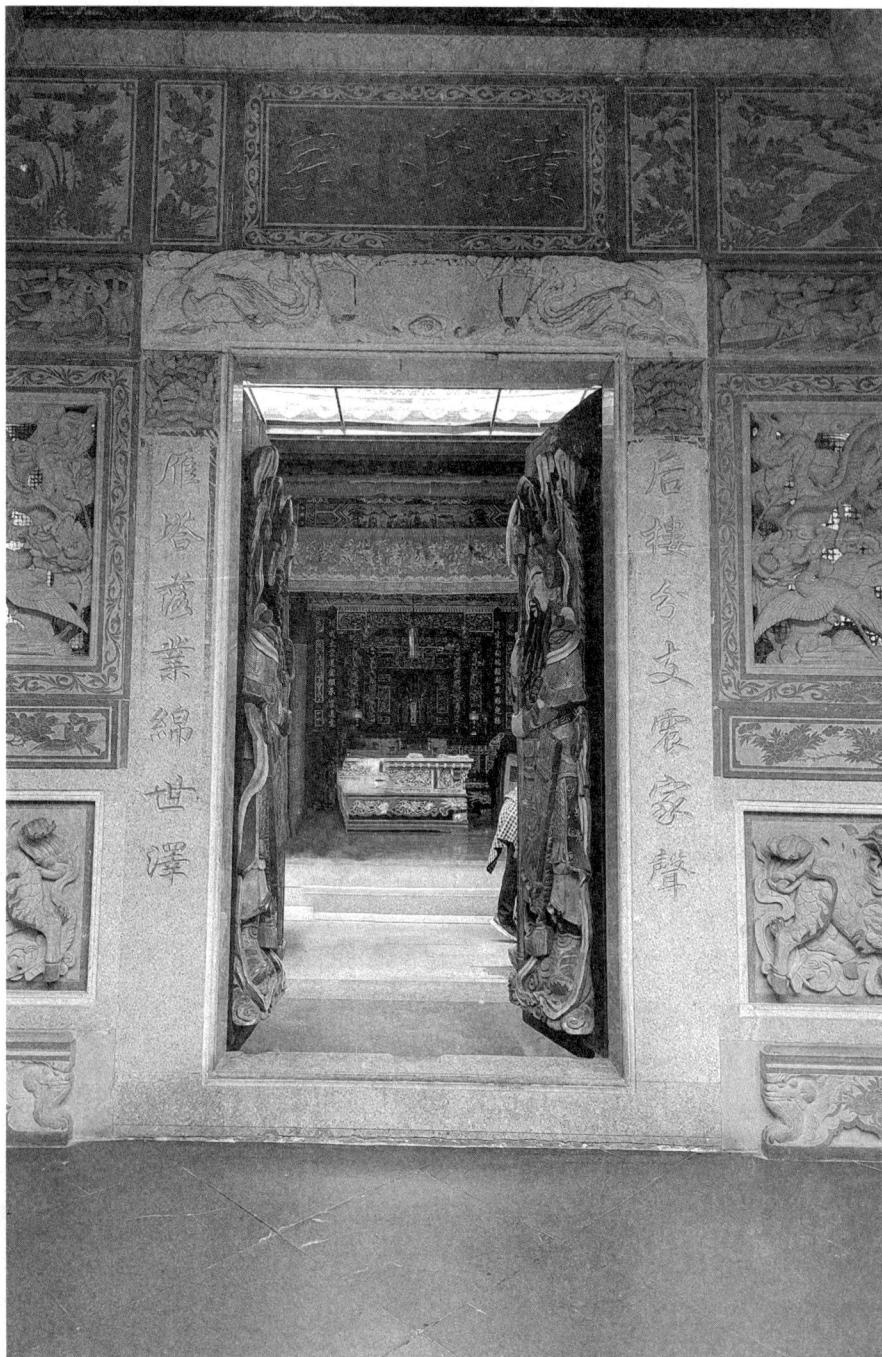

黄氏小宗

后来，三地合称塔埔社，2003 年塔埔社整村拆迁，2007 年兴建完成塔埔安置小区，占地 12 万平方米，建筑面积 22 万平方米，建设住宅 35 幢，安置拆迁村民 900 多户 2800 多人。

观音山

塔埔社黄氏发祥地在观音山东麓，村庄向东延伸到海边，依山面海。旧时村头、村尾各有一座庙，村头庙靠山，拜上帝爷（玄天上帝），村尾庙濒海，拜王公王娘，两庙均始建于明代。旧村拆迁后，两庙合二为一，迁建于塔埔安置小区，取名"福源宫"，门联为：福龙永盘观音山，源泉长流黄家寨。庙内立柱对联为：观天看地点数山河，坐山望海守护海疆。

塔埔社背靠的观音山，海拔60多米，位于今观音山音乐学校边上，距离海滩一公里以上，兴建了以观音山命名的海滨休闲区和商务营运中心，观音山海滨休闲区地处海滨，与观音山并不沾边。新修的厦门山海健康步道，西起东渡狐尾山，东至塔埔观音山梦幻海滩，更令观音山声名鹊起。

在西林村，另有一座同名的观音山，它的海拔252米，名气却没有塔埔观音山大。为了区别开来，官方曾于1990年把塔埔观音山更名为观日山，不过大家仍习惯称它为观音山，观日山之名几乎无人知晓。

福济殿

塔埔社黄氏家庙堂号"雲礽堂"的"礽"，意指福气，"雲礽"既指子孙绵延，也指福泽绵延。"七星石"遗迹也不忘写上大大的"福"字。祭上帝爷和王公王娘的宫庙称为"福源宫"，福源宫旁边建有更大规模的福济殿，它的地址在塔埔社区居委会旁侧。

福济殿始建于明末，原本坐东向西，坐海观山，1928年和1986年两度重修，最近于2008年新修，坐西北向东南。

塔埔社安置小区大门用了福济殿之名，大门正面是"塔埔"藏头对联：塔聚龙脉观龙龙起舞，埔占虎山坐虎虎生威。背面是"福济"藏头对联：福满人间万民齐欢庆，济世众生千秋皆敬仰。

这儿真是一个有福之社！那么，它为何叫作塔埔呢？

福济殿外观

塔埔福济殿

埔占虎山坐虎虎生威

门迎宾客享平安

安民

塔聚龙脉观龙龙起舞

山依福地旺丁财

泰国

禧福祿福

福济殿牌坊正面

地名探究

厦门许多地名中含有"埔"字，塔埔、前埔、中埔、后埔，埔指山边平地，台湾住在平原地区的少数民族常被统称为平埔族，住在山上的则被统称为高山族，可见闽南与台湾都习惯用"埔"称呼平地。塔埔的埔，是否指观音山下的一块平地呢？

那么，"塔埔"的"塔"所指何意呢？厦门岛上的塔厝社、塔头社，皆因当地曾经建塔，地以塔为名。笔者为此询问塔埔社老人，他们介绍本地并没有建塔，对塔埔名称的由来也不知其详。

塔埔社黄氏小宗的开基始祖黄上石，奉命镇守黄厝村塔头寨，之后留居塔埔，开枝散叶。塔头又称雁塔，从前常有大雁栖息塔上，黄上石会不会因为工作在塔头，便把退休养老之地称作塔埔呢？问题是，塔埔之名是始于黄上石之前，还是在他之后呢？

黄氏宗亲再由塔埔分支出去，聚居地称下堡，"堡"是村寨的意思，"下"表示以下承上，即从塔埔大本营分出来的。"下堡"有时候写成"下保"，但本地人认为正宗写法应是"下堡"。再后来，塔埔、下堡的黄氏宗亲再分支出来，与其他诸姓共处，形成新聚落黄头。

黄头北邻五通东宅社，是思明区的东北端。黄头路、下堡路、塔埔路，旧时穿过各自村庄，东西走向，今介于环岛干道与环岛路之间。那么，黄头是因黄姓聚居而得名吗？

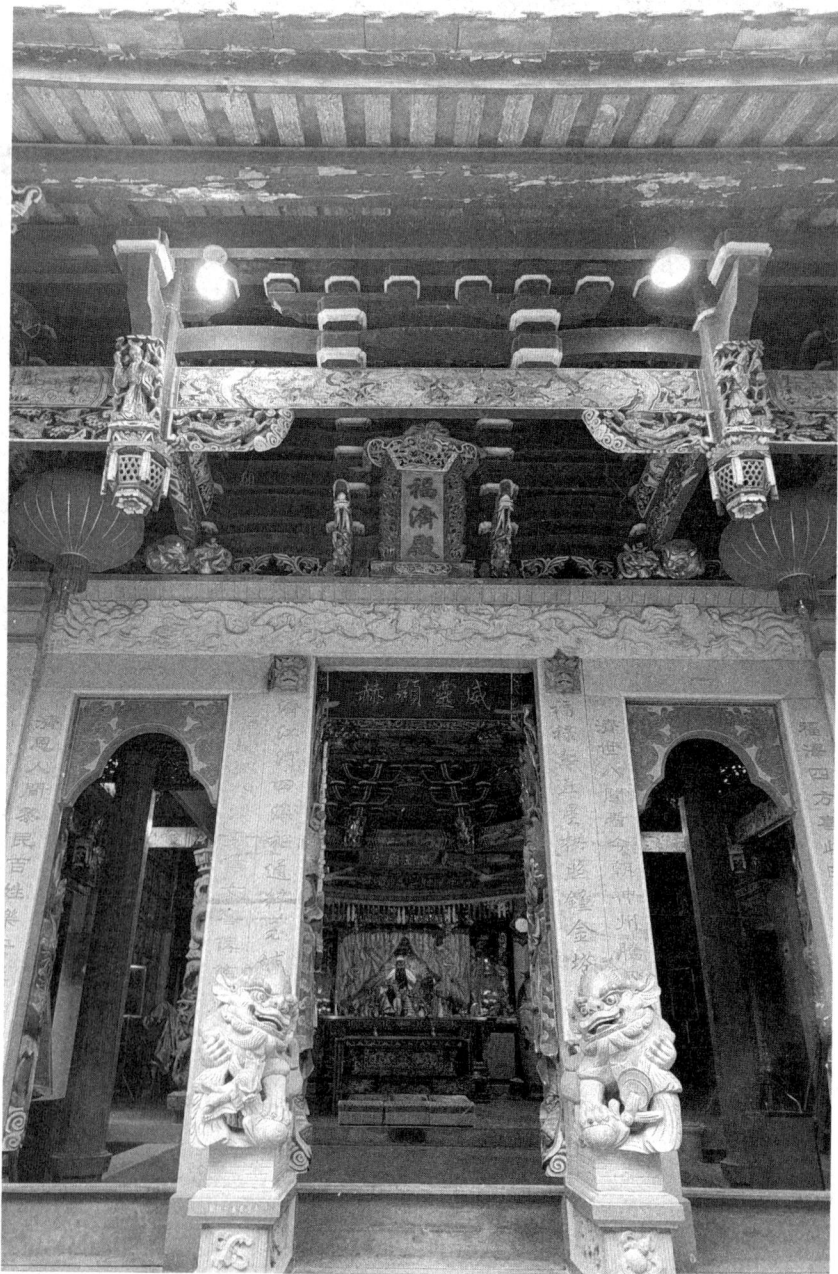

福济殿大门

皇隅头传说

其实，黄头之名始于 1980 年，原来叫黄隅头、皇隅头，而有的地方写成黄寓头、皇寓头。隅，指角落，黄头地处海边一个岬角，加上多住黄氏族人，取名"黄隅头"也名副其实；而"黄寓头"指"黄姓人居住的地方"。这容易理解，可是为何又称皇隅头、皇寓头呢？

皇隅头圣殿的金亭

炉英殿外观

　　传说在南宋末年，幼主赵昺被元兵一路追赶，南逃至福建，从同安渡海至厦门岛，栖息于海边一个小渔村，该渔村便被称作皇隅头或皇寓头，意思是皇帝待过的一处角落，或皇帝住过的一个地方。

何厝社：顶何下何，雄风浩荡

何厝社位于塔埔社南面，由旧时的顶何社、下何社组成，也是一个尚武村落，古有宋江阵、何厝小操队，近有"英雄小八路"，"当年鏖战急，弹洞前村壁"，一幢留存了累累弹痕的万顺楼，见证了炮火纷飞时代的铁血丹心。

飒飒雄风

何厝社，顾名思义，是何姓族人聚居的村落。1978 年末，何厝社共有村民 400 余户 2000 多人，是何厝行政村（当时叫生产大队）规模最大的自然村。近年来，何厝社整村拆建，老村庄随之消失。

何氏先祖

闽南一带，地名常叫什么厝，如何厝、黄厝、田厝、吕厝、柯厝等，厝的本义是住宅、房屋，引申义为聚落、村落。厝的普通话读音 cuò，闽南话读音 cù，坐公交车路经吕厝站时，常常听到有人念吕 cuò，有人念吕 cù，起初不知其所以然，经常犯糊涂，其实两个读音都没错。不知为何，吕 cù 令人感觉更亲切。

何厝是何姓人住的村落。唐昭宗年间，何氏入闽来到嘉禾屿东澳开基，同时迁居于岛上的后坑、高林、江村、后浦等地方。东澳指的是今何厝海湾。

元代中期（约 1298 年），官至大理寺评事的泉州清源山何添清弃官不做，带上 6 个弟弟及其家眷，乘船从泉州浮海到东澳，择地顺济宫西侧而居。何添清生有三个儿子佛叔、仲叔、仁叔，之后何添清再迁至金门，娶妻生子，过世后葬于金门羊角山。

何厝后人趣称，先祖何添清创业于何厝，何厝邻近虎仔山，入土于金门羊角山，可谓"虎入羊口"，难怪后来金门会跟何厝打起来。

半屏山路

何厝村境内有一条半屏山路，从南端的岭兜经过何厝社，一直延伸到塔埔，北端与湖里东宅社相邻，算得上以前何厝村最主要的村道。半屏山路因为经过半屏山，故得此名。半屏山又名半面山，海拔不到 30 米，濒临海滩，向海的那面受到海风潮水侵袭而崩塌，剩下了半面山体，故称半面山或半屏山。

半屏山路以前曾叫战备公路，是顶何与下何的分界线，位于何厝小学的西侧，路以东是下何，路以西是顶何。下何沿海，地势

何厝小学内的实物见证

较低；顶何依山，地势较高，也称上何。因为半屏山路分出顶何、下何，所以当地人也叫它中街。

何氏祠堂位于中街东侧，地处下何，毗邻半屏山。祠堂占地面积大，一度被用作学堂，20 世纪 90 年代初重建。祠堂前面建有鸭母塘。传说何氏先人刚到何厝时，当地已有他姓族人居住，一天，有个外地商人路过何厝，受到当地人的普遍冷落，唯独受到何氏族人热心接

何氏祠堂外观

待。那位商人感念于心，悉心把搭棚子建池子养鸭子的方法传授给何姓人，何氏先人凭借养鸭迅速做大基业，立稳脚跟。直到何厝社拆迁之前，何氏祠堂前仍保留下来鸭母塘，只是面积较当初已大大缩小。

香山海滨

香山是何厝最东边向海中突出的一个岬角，海拔 50 米。近些年，翔安香山的油菜花海很出名，可是要说起历史人文底蕴，何厝香山应该不会输给翔安香山。

经考证，何厝香山海滨在宋代就有人类生活遗迹，断崖处有灰褐色的宋代堆积层，几十厘米厚，到了近代，其表层仍然可以发掘出宋代青瓷片、黑釉瓷片，20 世纪战火频繁，人们在地面上挖战壕，建碉堡，使古迹遭到严重破坏。

1937 年抗战期间，香山修筑了钢筋水泥炮台，安装 20 厘米口径的美式大炮。1938 年5 月，日军占领厦门后，炮台被移置云顶岩观日台。

在顺济宫园区的南面，是一处避风港，可以停泊众多渔船。避风港的环岛东路对面，半屏山的东麓，建有何厝船管站旧大楼，历经 40 年的风风雨雨，仍显得沉静而内敛，一旁是新建的何厝派出所执勤点大楼。船管站负责海上船舶安全，其职能目前已并入何厝派出所。

避风港以南海域到岭兜外海，之前建了何厝盐场，如今建设了香山国际游艇码头。香山，多么美丽的名字。

香山海湾停泊的渔船

雄风浩荡

何厝社民风尚武，拥有威风凛凛的小操队，荡气回肠的宋江阵，驰名全国的"英雄小八路"，这是英雄辈出的村落，阳刚硬朗的地方。

小操队队员们手持虎头盾牌和刀斧枪棍，穿插变幻出围城阵、梅花阵、铁三角阵、城门阵等阵法，跳跃躲闪，剑拔弩张。相传三百多年前，郑成功部队在何厝海边驻扎军营，所谓"郑厝""郑边"，何厝村民入营请教武术阵法，回头再组织村民们操练，谓之何厝小操队。何厝社至今仍有郑氏族人后裔。

何厝宋江阵与戚继光有关。明代东南沿海倭寇猖獗，戚继光奉命到福建沿海抗倭，训练民团，何厝村民积极参加，以梁山好汉命名，比如握大刀者称关胜，持大斧者称李逵，故名宋江阵。刀露锋芒，棍显神威，还有尖钗利钯、锄头雨伞，都是厉害的武器。

何厝社和塔埔社皆临海，昔日海上匪盗频至，村民们为守护家乡，习武成为风尚。何厝何氏与塔埔黄氏相邻，为争夺地盘，经常打得不可开交。两姓为世仇，长期互不通婚。

在整村拆建中，何厝社的老房子几乎全被拆除，可是有一幢破败不堪的房子却保留了下来。这房子叫万顺楼，由印尼华侨所建，占地1000多平方米，砖混三层，1958年被金门炮火严重摧残，二、三层楼被炸塌的阳台混凝土板块悬挂于大楼外墙上，密布的弹痕弹洞成为炮战见证物。

万顺楼

软二园区人工湖流出的清水

软二前身

今属何厝社区的厦门软件园二期，占地上百万平方米，兴建于 2005 年至 2007 年，位于虎仔山南麓。虎仔山海拔 136 米，是厦门岛东部的最高山峰，山形如卧虎，故得名。鹭江道的镇海路口有座虎头山，因山顶有巨石状如虎头而得名。

几十年前，虎仔山上真有老虎，1944 年有村民被老虎咬死，1948 年报纸报道老虎足迹"大如饭碗"，乡人"且闻虎啸，入晚即闭门不出，互相告诫"。虎仔山顶曾建石塔，因塔之尖状而名"塔仔尖"，20 世纪 50 年代石塔被毁。

旧时虎仔山下有块昂立巨石，名曰"割石"，上刻有莲坂名人叶大年所作的长诗一首，"割石"所在的山体被称为"挂石山"，20 世纪 50 年代起成了采石场，几十年后竟然掏成了一个面积几千平方米、深十几米的大坑，正是如今软二里面人工湖的前身。湖里流出涓涓细水，流向软二奠基石后方的水池。

软二园区北侧有条东西向的虎仔山路，连接环岛干道与金山路。软二园区原为一大片农田，多属何厝社，小部分属岭兜社，软二东门的环岛干道一带，原是顶何村庄。软二园区内高低起伏，可见旧时农田依山而垦，北靠虎仔山，西靠赤坡山。

岭兜社：山岭所在，又建新村

塔埔原住民主要姓黄，何厝原住民主要姓何，岭兜原住民主要姓陈。岭兜陈氏源于金门浯阳陈氏开基祖陈达，宋元时期，陈达次子陈洪进迁居泉州朋山，之后陈洪进七世裔孙陈敬福迁居岭兜，被尊为岭兜陈氏开基祖。清道光年间，陈敬福第十五世裔孙智魏兴官居三品，被御赐"陈氏小宗"石匾，智魏兴成为当地"陈氏小宗"开基祖，系岭兜陈氏衍出的五房。

陈氏族人侠骨豪情，英雄辈出。1881年出生的陈新政，成年后赴马来西亚随父经营帆船生意，并自创"宝成"商号做土特产生意，还创办树胶厂。

何厝社与岭兜社以吕岭路为界，吕岭路也是思明区与湖里区的重要分界线，据说当年何厝村差点被划入湖里区，考虑到岭兜社在吕岭路以南，于是把整个何厝村划入思明区。

岭兜拆迁前的旧民居

　　岭兜社只有小部分在吕岭路以北，20世纪五六十年代一些村民为躲避前线战火，从老村庄内迁到赤坡山和虎仔山交界处，开垦新地，故称岭兜新村，便是在吕岭路北侧。改革开放前夕，岭兜社有村民900多人，其中岭兜新村不足百人。今岭兜新村新建了岭兜佳园小区、宝龙一城商城等。

　　岭兜旧村在环岛干道与前埔东路之间，南到双巷石山脚下，也被整村拆建。双巷石山是岭兜与前埔的分界线，海拔47米，也称前埔山。

　　岭兜原名"榄都"，本地话中两音相近，"兜"常指"所在"之义。湖里安兜原叫"庵兜"，旧时那儿建有庵庙。岭兜，指山岭所在地，这山岭指的正是双巷石山。前埔东路从莲前东路通向软二南门，该路两旁可见残留的双巷石山。

　　双巷石山北麓，兴建了岭兜一里、二里安置小区，隶属莲成社区。今明发城、明发园小区和部分前埔工业园，原来是岭兜社的耕地，如今仍属岭兜社区。

　　岭兜社的环岛干道对面填海新建了会展北片区，今属前埔东社区，路网纵横交织，包括会展路、会展北路、展鸿路、领事馆路、前埔北路等。厦门国际会议中心、闽南大戏院、海峡国际社区等建筑也坐落于此。

第二章
前埔村

何厝村的西南面是前埔村，前埔村与黄厝村、洪文村相邻，东部面海。前埔村下设前村社、前埔社、店上社、古楼社、田厝社、柯厝社，厦门国际会展中心是在原前埔村的外海填土建造而成的。

旧时前埔村海边在今国际会展中心五期场馆一带，在会展路的内侧，为了防御海风，海岸边密密麻麻地种植着一排榕树，连成绿色屏障，犹如卫士守护家园，今前村社东端的榕树林旧址建成了"前村榕树公园"。

当年，在建设莲前大道（莲前东、西路）时，前埔村口有株大榕树，被建设者们小心翼翼地"请走"后，换来一尊石狮镇守，立于路旁花圃中。

厦门榕树遍植，往往独木成林，气须垂落于地，却长成树根，共同支撑起遮天蔽日的树冠。榕树上了一定年纪，民众会为它系上红绳，摆上供品，祈祷树神守护一方平安。在许多村口、路口都有大榕树把守，如岭兜大榕树、马垅大榕树、前埔大榕树等，大榕树已成为一个地方的标志物。

1984年改前埔村委会，辖6个自然村。后来，前埔村改前埔社区，随着旧村拆建与新区开发，增设了前埔南、前埔北、前埔东、前埔西、莲薇、莲翔等社区。前埔交通便捷，前埔公交场站、BRT前埔枢纽站均设在此地。

前埔村之名源于前村埔，即前村社与前埔社之合称，前村埔村念着拗口，便简化成前埔村。20世纪90年代末，前埔兴建了大型的南区、北区统建房小区，成为当时全市最大规模的统建房集中地。

前埔村林云梯故居局部

前村埔：兄弟同心，其利断金

前村埔之地名，今天鲜有所闻了。可在前村社、前埔社的东侧，有条村道叫前村埔路，南北贯穿这两个村庄，是旧村庄的边界线，界线以东是新开发区。

前村社与前埔社以莲前东路为界，路北为前村社，路南为前埔社，两社西界大约在前埔东路。前埔东路南起于前埔不夜城，北止于软件园二期。

兄弟开基

明初，同安潘涂两个渔民兄弟登陆厦门岛，行至双巷石山南麓时，发现此处依山傍海，俗话说靠山吃山，靠海吃海，这让他们动了心。

哥哥叫林瑄，字存器，弟弟叫林彬，字存成，他们在打量这个地方时，惊奇地发现，前头有7块大石头排列成北斗七星状，4块组成勺头，3块组成勺柄。他们相信七星石是个吉兆。于是两人停下匆忙的脚步，落地生根，开基创业。

今在前村榕树公园内，有块大石头写有"七星石"字样，并刻上了北斗七星图案，据说这是七星石中保存下来的最大最完整的一块石头，以前村里孩子们经常到石头上玩一种叫"打城"的游戏，所以也称此石为"打城石"。

兄弟俩之先祖可溯至西晋永嘉年间的晋安郡王林禄，林禄被福建林姓后裔尊称为本族的"开闽始祖"。唐代，金紫光禄大夫林珊从永春移居安溪。宋代，林珊后裔林美宗从安溪移居同安潘涂（旧称亨泥），为金紫林氏入同安始祖。

前村榕树公园

前村埔由来

兄弟俩相中的地方以一条溪水为界，划地而居。这条溪称前溪，源出云顶岩，流经双巷石山南麓，最后东入大海。溪北靠山，地势高，称前村；溪南沿海，地势平，称前埔。兄住溪北，弟住溪南，可见兄长把易于耕作的溪南平地让给了弟弟。

自古以来，人们逐水而居，或临大海，或沿江河。水意味着财富，水流多的地方，适宜繁衍生息。前溪沿途曾建造顶桥、中桥、下桥，中桥原位于今前埔小学一带。前溪出海口在会展中心五期场馆内侧，有旧庙"水尾宫"佐证。

前村、前埔中的"前"字，不知是否所指前溪？哥哥排名在前，前村理当放在前头，于是两地合称前村埔村，简称前村埔，今称前埔村。前村埔林氏祠堂址在今前埔社266号，就在莲前东路边上，祠堂始建于明末，1954年毁于兵灾，1991年重建完成，2007年加以装饰修缮，现为前村埔老人活动中心。

前埔村除了前村社、前埔社，还有店上社、古楼社、柯厝社、田厝社，以前在这些社中，前村社人口最多，前埔社次之，1978年末两社人口合计近1600人，而其他4社总计不足400人。

前埔村林氏宗祠外观

云梯父子

　　百年前，前埔最大名人当属林云梯，其故居址在今前埔社 206 号，已有百余年历史，三落大厝，南北朝向，占地 1200 平方米，燕尾脊硬山顶，中轴线上由外而内依次为门厅、天井、正厅、凉厅、天井、后厅。虽然容颜老旧，但仍不掩当年奢华。

　　林云梯（1866—1918）原名林国梯，自幼家境贫寒，10 岁时父母双亡，一度流落街头以卖油条为生。13 岁随堂亲赴菲律宾马尼拉，从伙计做起，后自立门户，经营红糖，开设布庄，享有"棉布大王"的美名，在马尼拉捐建了多所学校。

　　林云梯生有六男三女，四子林珠光 1901 年生于菲律宾，1920 年林珠光捐资 13 万银圆回乡创办云梯学校，1922 年建成，涵盖幼儿园、小学、初中、中职教育，实行免费入学。云梯学校大约在今前埔小学的莲前东路对面。此外，林珠光作为主要出资人，与马侨儒联合创办了双十商业学校，1924 年更名为双十中学，林珠光担任该校董事长。

　　林珠光在父亲盖的三落大厝右侧加盖一列护厝，使整个建筑群更加壮观。20 世纪 50 年

云梯故居大门

代期间，村民大量的房屋被毁，无处栖身，林家大宅成为乡亲们的安身之所，"住三落"成了他们的难忘记忆。

为了留住关于云梯父子的珍贵记忆，便把云梯故居边上的村道取名为"云梯街"，从文兴东路通到莲前东路，沿街房屋墙壁彩绘了云梯事迹与南洋风情，打造成了云梯文化一条街。

老村新区

改革开放之初，前村社与前埔社成为的士大本营，村民赚到钱后，退至幕后当老板，出车子，雇司机。下午四五点交接班时分，莲前东路的村口便聚集来大量司机，深夜他们下班后，三五成群的相约于路边的饭店，几杯白酒下肚，一腔豪情起来，聊生意聊人生，烟火气十足。

前村社和前埔社今同属前埔社区，老村庄内，自建房新旧交错，有石头房，有红砖房，有大厝，有平房，头顶的电线如蜘蛛织网般盘绕，小巷子七弯八拐，令人摸不着头脑，小店铺货杂价廉，售卖五湖四海的货物，住户基本为外来人员，说着天南地北的话音。在这儿，时间放慢了动作，远远落后于几步之遥的会展片区和新建居民小区。

前村社边上兴建了思明区文化馆、思明区政务服务中心，这一带几十年前曾建水库，水库邻近开设了一家榨油坊，本地称油坊为油车，所以该水库被称为油车水库。这儿再往西，是前埔一里、二里小区，除了多个居民小区，还设有前埔北区小学。南面的前埔社往西，兴建了文兴东一、二、三里小区，还设有BRT前埔枢纽站。

旧石门

田厝社：有个村庄，在田中央

在前埔北区二里西侧，前埔路边上，建有一座福源宫，始建于清代，1999年重建，主祀普庵公，该庙还供奉哪吒、池府王爷等多位神灵。

福源宫是田厝社的村庙，田厝社旧村落于20世纪90年代末被拆除，在北区二里统建房旁边兴建田厝安置房，因为村庄规模很小，社名没有保留，意味着"田厝"二字将从此消失。

这时，村里一帮老人想尽办法要把"田厝"二字保留下来，因为旧时不少乡亲下南洋经商，将来他们返乡寻根问祖，若找不到田厝这地方，那怎么办？每一个老地名都是一段难舍的乡愁，里面蕴藏的点滴记忆犹如一根长长的线，牵系着飘忽不定的风筝。

于是，一条穿过老村庄的新修道路被命名为田厝路，介于前埔东路与前埔西路之间，在莲前东路的北侧并与之平行。田厝路始于思明区政务服务中心，穿过前埔北区二里、前埔健身公园、前埔北区一里，与前埔西路交接。前埔西路南端与文兴西路交接，在这两条路的交会处有座小山丘，兴建了斑鸠山廉政文化公园。

旧时斑鸠山下流出一条小溪，大致沿着今前埔西路再拐到田厝路的路线，在思明政务中心一带汇入前溪，奔向大海。小溪沿岸建设了长条状的村庄，村子周围是一大片农田，村子因而被称作田厝，意指田中央的房子。流经田厝的这条小溪，故称田厝溪。

田厝社人不姓田，而姓许，来自翔安东界村。小溪灌溉了肥沃的农田，村民称之为"门口田"，开门见田，稻禾丰茂，时有飞鸟掠过，旁有小溪淙淙，鱼群嬉戏，一幅多么动人的田园风光啊！

后来在多次区划调整中，田厝社大片农田被陆续划给邻近村庄，地盘越缩越小。今北区一里二里居民区、前埔健身公园和前埔北区小学，原来基本为农田。北区一里、二里的统建房建于1998年至2001年间，共3000多套住房，与前埔南小区统建房合成当时全市最大规模的统建房聚落。

前埔北一里居民小区

店上社：东里西里，古榕成园

　　店上社的原村庄于 1997 年至 2001 年间主要建成了前埔南统建房小区，拥有 6400 多套住宅，分为店上东里、店上西里两大片区，今属前埔南社区，设有前埔南区小学。小区东侧则是前埔水质净化厂，再往东过了环岛干道就是填海建造的会展南片区，新建了会展公交场站、会展南小学，主要道路是会展南路及其多条支路，会展南片区隶属前埔东社区。

店上居民区粉刷一新的老碉堡

店上社250多岁的古榕

　　店上东里和店上西里以店上路为界，店上社和前埔社以文兴东路为界。文兴东路介于环岛路和前埔南路之间，文兴西路介于前埔南路和文兴隧道之间。文兴路名取自文兴社，而文兴社隶属洪文村。今在前埔不夜城正对面兴建的文兴东一里、二里、三里小区，因文兴东路而命名，并非建于旧时文兴社内，此地大概属于前埔社与古楼社交界处。

　　店上居民区宽阔的空地之中，长有多株古榕树，郁郁葱葱，一木成林，气势壮观，最老一棵已有 250 多岁，人们专门为它建设了小公园，设置石桌石凳。为支撑庞大的树冠，在树下支起多个钢管。

　　其中一株大榕树下，坐落着兴隆宫，它始建于清代，2000 年重建，祭玄天上帝。

古楼社：群山环绕，八村拜庙

古楼社范围在前埔不夜城到厦门城市学院一带，旧时村庄主要在今大同中学前埔校区那里，境内有古楼山、南山，与洪文村相邻，两村之间隔有磨心山、斑鸠山。境内的主要道路有前埔南路、古楼路和文兴东路。

古楼山

厦门城市学院东大门口到文兴东路的前埔南路为上坡路段，在前埔南路与文兴路十字路口，还有一处残存的山体，被改造成街边花园，内有巨石屹立。

从前埔南路的前埔六里路口进入，走一小段，往左叉出一条上山小路，蜿蜒陡峭，路途不长，急转弯却多，路边有小块菜地，山顶有一户人家。一问，才知这是古楼山，伫立于山巅，西望磨心山，凉风习习。

前埔南路的上坡段，十字路口的残存山体，均为古楼山之遗迹。古楼山地处厦门城市学院北面，在山南与学院之间依山建有不少村舍。

学院与山南之间开通了柯厝路，从前埔南路通往柯厝社。

广播山

厦门城市学院的东南面是南山，小坟地众多，之前这里是荒郊野岭，多为穷人安葬之处。从城市学院东大门口到环岛干道之间，前埔南路又有一段上坡路，乃为南山之旧迹。

南山之南是对高山，别名青蛙山，海拔约百米。对高山之南是广播山，海拔 59 米。环岛路的对面建了一个"回"字形石雕，成了一个网红拍摄点。广播山旁新建一条广播山路，介于环岛干道与环岛南路之间，在环岛干道的广播山路口兴建了广博苑小区，"广博"正是"广播"之谐音。

广播山外侧海边是石胄头。广播山和石胄头地处前埔、黄厝交界地，原属前埔范围，今被划入黄厝。

龙山宫

古楼社山地多，人口少，即使到了 1978 年末，村民仍不足百人，不过，村里有座庙很出名，旧称"八保庙"。八保庙今叫龙山宫，但其戏台横匾的大字为"龙山宫戏台"，小字写"八宝俱乐部"。

究竟是"八宝"还是"八保"？笔者询问了几位当地人，他们只知读音，却弄不清是哪一个字。

龙山宫祭仁圣大帝，即东岳大帝，也称泰山神。龙山宫始建于清代，2020年重建，建筑气派，庙内左壁浮雕威龙，右壁浮雕猛虎，宫庙及其理事会大楼、戏台和余坪，占地十分广阔，在笔者所见的厦门岛上众多村社民间宫庙当中，它应属面积最大的。龙山宫址在古楼路，位于前埔南区小学的对面高地上。

龙山宫外观

柯厝社：云顶岩前，水库出焉

柯厝社在群山之中，躲入深山少人知，笔者在前埔居住了整整二十年，也是最近才得知前埔还有柯厝这么一个地方。

柯厝位于厦门城市学院后面，在云顶岩的东麓，南望洪脊山和高刘山，北望磨心山和古楼山，东望南山和对高山等，在这些山峰几乎未被开发时，处在山窝窝里的柯厝社不知是否会像桃花源中人一样，"不知有汉，无论魏晋"？

岩前水库

从柯厝社到前埔南路南端，有条岩前路，因云顶岩而闻名。岩前路与柯厝路像两只张开的手臂，环抱厦门城市学院，南北两头交会前埔南路。

云顶岩是厦门岛上的最高峰，海拔 339.6 米。在闽南地区，岩常用来指寺庙，也指山峰，如万寿岩、万石岩、日光岩、云顶岩等。厦门市的最高峰叫云顶山，位于同安区最北部，海拔 1175.2 米，同取"云顶"之名。确实，山高莫过于"云

碧玉寺山门

顶"了。

自 20 世纪 50 年代起，各地掀起修建水库的热潮，到改革开放之前，厦门修建水库有一百多座，柯厝社于 1970 年兴建了岩前水库，坝高 12.5 米，用于农田灌溉。

民间宫庙

柯厝社村庄基本沿云顶岩山坡而建，内部设有厦门特殊教育学校，曾设厦门市医学高等专科学校，后来学校搬到岛外升格为厦门医学院，医学高等专科学校旧址被纳入厦门城市学院校区。厦门城市学院征用了柯厝社与古楼社用地，是地处前埔的唯一高等学府。

柯厝社依山而建了西庵宫、碧玉寺。西庵宫祭祀妈祖娘娘和保生大帝，原址在新华路与故宫路交界处，旧时属厦门城西城内，1950 年代废，1994 年重建于柯厝今址。碧玉寺的原址在新华路墙顶巷，始建于清乾隆年间，1939 年迁入西庵宫内，1994 年随西庵宫重建至柯厝，主体包括天王宝殿和大雄宝殿。

碧玉寺观音亭

第三章
洪文村

洪文村在前埔村西面，分布于莲前路两侧，境内的主要道路有莲前东路、莲前西路、云顶中路、文兴西路、洪莲路及其多条支路、洪文路及其多条支路。莲前东、西路以云顶中路为界，分界线在洪山柄社内。

洪文村名字取自洪山柄社、文兴社的头一字，1984年由前线公社洪文大队改为洪文村委会，下辖洪山柄社、文兴社、潘宅社（含新潘宅）、石村社、泥窟社、墩仔。墩仔也称高仔，长期作为农场使用，居民较少，因而有别于通常的自然村。

洪文村内兴建了瑞景商业广场、加州商业广场、加州建材广场等大型商业体，以及瑞景新村、嘉盛豪园等大型居住区，设有云顶学校、莲前小学、瑞景小学、瑞景中学（即厦门外国语学校瑞景分校）、逸夫中学等，莲前街道办也设在此地。瑞景片区处于莲前路中段，名气远超洪文旧名。

目前，洪文的老村庄已经消失。

1995年的洪文村（曾少雄　摄）

洪山柄社：洪山瑞气，云顶景光

　　洪山柄社在厦门逸夫中学、嘉盛豪园小区一带，北邻东芳山和石鼓山，南望云顶岩，村庄形状像一根长柄，云顶岩是洪济山脉的一部分，洪济山脉简称洪山，村庄故名洪山柄——洪山伸展出的一根长柄。

　　洪济山脉是厦门岛上最主要的山脉，由东北向西南蜿蜒，在本岛西南端昂首成为虎头山，而后沉下入海，在鼓浪屿又重新抬头，成为日光岩所在的龙头山，两山对峙海滨，正所谓"龙虎锁鹭江"。

　　东芳山海拔82米，位于今东芳山庄与加州建材家居广场的北面。石鼓山海拔70米，位于逸夫中学的北面。逸夫中学、东芳山庄、嘉盛豪园小区大部分都是辟山而建，所以小区里面地势高低起伏。两山的北面主要建成了忠仑公园，属于湖里区。

两座古墓

　　逸夫中学斜对面，洪莲中路198号是胡贵墓园，坟墓坐南朝北，园区长40米，宽24米，面积在厦门岛古墓之中应属最大。墓的东、西两边列立石马、石羊、石狮、文武翁仲、莲花柱等石雕。西北侧有石砌神道碑亭1座，镌刻墓主生前事迹，满文汉文对照。

胡贵墓园

胡贵墓园东边列立的石马、石人

墓主胡贵，清代福建同安人，字尔恒，号洁峰，行伍出身，擅长骑射。乾隆年间他历任水师把总、千总，以及玉环参将、闽安副将、广东提督等职，1760年逝于广东提督任上，朝廷赐予厚葬，谥号"勤悫"。

胡贵墓旁边，今址洪莲中路196号，坐落着洪氏祖陵，坐南朝北。清代，同安洪厝的洪姓族人迁居洪山柄。

交通要冲

洪山柄向来交通位置显要。新中国成立前，洪山柄修建了通往后埔的农埔路（洪山柄农林试验场—后埔），通往前埔的洪埔路，通往茂后的洪茂路，通往莲坂的莲山路，通往江头的江洪路，等等，可谓四通八达。今莲前街道办公大楼后面

胡贵墓园里的神道碑亭

云顶岩北麓

还设有洪山柄公路站，正是旧时之遗存，外观年代感十足。

现今，洪山柄地处厦门岛东西、南北交通大动脉的交会点。东西动脉莲前东路、西路在此分界，南北动脉的云顶路穿越境内为云顶中路。在云顶中路与前埔西路之间有洪莲中路，莲前东路与吕岭路之间有洪莲路，"洪莲"之名取自洪山柄与莲前东路。南北走向的洪莲路，中段与东西走向的蔡岭路相交。蔡岭路从蔡塘到岭兜，在坂何公路旧址上修建而成，坂何公路从莲坂到何厝，长 8 公里，途经洪山柄。

洪莲路派生出洪莲东、西、中、北等多条支路，密布于洪山柄社及其周边区域。而在莲前路的对面则密布了洪文路及其派生出的洪文一至八路，位于瑞景新村及其周边。

"瑞"气萦绕

莲前路把洪山柄划为南、北两大片区。北片区大约东到洪莲路，与新潘宅相邻，西到东芳山庄一带，与金尚路相接，北为东芳山、石鼓山所环绕。南片区大约西起云顶中路，东到瑞景商业广场西侧，南被云顶岩所庇护。

南片区主体于 1996 年至 1998 年兴建了瑞景新村小区，共有住宅 47 幢，建筑面积 20 万平方米，是全省首个国家级住宅建设试点小区。瑞景新村里面刻有一副对联：洪山瑞气萦万家，云顶景光耀新村。洪济山、云顶岩、瑞景新村等地名均被写入此联之中。后来，周边相继建成了瑞景公园、瑞景生活广场、瑞丽花园、华瑞花园等一大批含"瑞"字的小区，"瑞"气萦绕，美好吉祥。

在瑞景新村西侧，位于云顶中路的洪文二路口，气势恢宏的东堂宫便坐落于此，此庙由洪氏族亲在明万历年间建于村子东屏，2007年迁建今址，2010 年竣工，坐北朝南，庙中供奉"开闽王"王审知、洪府大人等。

洪山柄社除了老的洪文社区，又新设了莲顺、莲丰、瑞景等社区，其中，莲顺社区在莲前西路以北、云顶中路以西、金尚路以东，为东芳山庄及其周边地带。在莲顺社区的莲前西路对面则是旧时的墩仔。

瑞景新村的中心公园

东堂宫门楼

辉煌气派的东堂宫

文兴社：庄厝旧地，文以社兴

文兴社在洪山柄社南片区的东面，两社分界线大约是在瑞景小区东侧洪文路。路东是文兴社，今建洪文五里小区，隶属洪文社区，地标性建筑瑞景商业广场地处文兴社。路西是洪山柄社南片，今建瑞景新村，隶属瑞景社区，设有瑞景小学和中学。

文兴社原本叫庄厝社，住着庄姓人家，后来村民多亡于瘟疫。清代，有姓陈者从漳州迁入，姓黄者从莆田迁入，到 20 世纪中期，当地一度涌现出不少文人，文以社兴，由此更名为文兴社。前些年，文兴社整体拆迁，在原址上建成了瑞景公园小区，邻近处兴建了安置房小区。

文兴社安置房小区南门题写一副对联"庄小乾坤大，厝朴日月新"，北门题写一副对联"文韬武略地，兴旺发达村"。两副对联各藏头"庄厝"和"文兴"。

文兴宫戏台

安置小区内重建了文兴宫，供奉王祖公、法主公、照府大人、杨府真人等神灵。该庙始建于清康熙三十八年（1699年），几百年来，屡迁庙址，戏台于2021年修葺一新，色彩瑰丽，古色古香。

文兴西路东西贯穿全境，路旁兴建了云顶至尊、瑞景公园等高档小区，小区建于磨心山和云顶岩山脚。磨心山海拔118米，主体在文兴社境内，现建成市民健身公园。

1978年末，文兴社人口不足300人，相当于洪山柄社半数人口。之前，磨心山和云顶岩山脚距文兴社村庄之间有一片耕作旱地，文兴社与古楼社之间隔着一大段山路，文兴社与潘宅社之间以农田相连。

文兴宫外观

瑞景商业广场

潘宅社：官姓开基，多姓共处

文兴社与潘宅社分界线大约是今洪文五路一带，路西为文兴社，路东为潘宅社。潘宅原称官宅，居住官姓人家，后来官姓人外迁，其他姓氏族人迁入，新移民便把"官宅"谐音称作"潘宅"。

潘宅包括新、老潘宅两部分，在1978年末，老潘宅和新潘宅人口均为一百来人。老潘宅在莲前东路以南，相当于洪文六里一带，兴建了潘宅南小区安置房、厦航洪文小区、瑞丽花园、云景花园等小区，或属洪文社区，或属莲翔社区。新潘宅在莲前东路以北，在今联丰大厦、联丰商城一带，21世纪初旧村改造之际兴建了潘宅北安置小区（也称新潘宅安置小区）、潘宅龙舌溪小区等，仍属洪文社区。

洪文社区由洪文村直接改制而来，社区居委会设于洪山柄社，随着新小区不断被开发出来，相应成立起多个新社区，因而老的洪文社区管辖范围东一块西一块，有点支离破碎，这种状况在其他旧村社中一样存在。

福山殿

莲前东路旁的福满山庄属于旧时潘宅社范围，该小区与侨福城小区相隔一条潘宅路，侨福城主体则建于石村社地界，如今，这两个小区均属于新设的侨福社区。现位于福满山庄内的潘宅福山殿，始建于清光绪十八年（1892年），供奉妈祖，宫庙曾用于部队营房、生产队仓库，1999年遭14号台风袭击，2000年重建，配建斋堂。

石村泥窟：昔日相对，今为一家

旧时，坂何公路经过洪山柄社后，再途经今蔡岭路西段，有两个村庄隔路相对，北侧为泥窟社，南侧为石村社，两个村庄西界同在今洪莲路，东界同为前埔东路。泥窟北界为吕岭路，再往北便是湖里的古地石社。石村南界为前埔中路与洪莲中路，与潘宅相邻。

石村社原来有个大石头，村民奉之为神，故名石村。泥窟里面原有一块凹地，即大土坑，原称土堀、土窟，后改称泥窟，意思相同。清代，晋江的林姓族人迁居于此。石村与泥窟不仅位置相对，名字也对仗，石对土，村对窟，散发出浓郁的乡土气息。而且，两地形状也有得一比，石村地形呈棱形，泥窟呈三角形；人口规模也相当，1978年末，两地村民均为300人上下。

石村社建有龙水宫，祭功德尊王，泥窟社建有慈帆宫，祭三公尊王，均始建于清代，改革开放后得到重建，当前随整村拆迁而新建。

早些年，两地都还保留了老村庄，都是村民自建房，石村有菜市场，泥窟有旧货市场，朴实而有活力，杂乱而有烟火气。两村中间的乡村公路石板路面，令人有穿越时空之感，路边滋嗞作响的煎炸，此起彼伏售卖的吆喝，夹缝里穿梭车子的喇叭，在混乱的众声喧哗之中，把人拉回到久远的过往。粗野，轻松，真实，人情，这也是一种乡愁吧！

如今，石村兴建了侨福城小区，泥窟兴建了上东美地、金域蓝湾小区。2020年，两地旧村整体征拆改造，合建开元创新社区，占地300多公顷，以创新型科技园区为主打，配套生活区、休闲区、文教区、商业区等，两个村社由此完全融为一体。

崭新崛起的开元创新社区

墩仔：农场故地，生活新区

墩仔，这名字特别亲切，接地气。闽南人常说仔，小东西的意思，富含亲昵的意味，歌仔戏，茶桌仔，曾厝垵白石炮台遗址边上有个墩仔石。墩仔，顾名思义即小石墩、小土墩，今西林东路上有个"墩仔家园"小区，为墩仔旧地名之遗存，其他地方已见不到墩仔之名了。

墩仔也称高仔，在莲前西路南面，南抵云顶岩北麓，东起云顶中路，西至西林东路。西林东路是一条半环绕形道路，从云顶隧道北口沿云顶岩脚下由东往西，拐至西林村东侧时，转为由南往北而行，与莲前西路相交。

早在1924年，就有台湾地区的百姓来到墩仔开垦农场，新中国成立之后农场收归国营，1956年改为厦门市乳牛场，1958年改为厦门市乳牛场的一个分场，1969年该乳牛分场迁至莲坂，墩仔被划入西林大队的一个生产队。墩仔并非传统的村民聚落，主要是一块农业试验田，所以在1978年末的人口统计中，村民仅9户70余人。

改革开放之后，市农业科学研究所在墩仔设立试验农场，培育农作良种，推广农业技术。20世纪初，此处兴建大型农艺园，重点培育蝴蝶兰，色彩缤纷，风靡全市，带动了市民种植、观赏蝴蝶兰的风潮。

历史上，墩仔作为单列的农业试验地，地处洪文村与西林村之间，在行政隶属上，时而划入西林，时而划入洪文，今习惯把它视为洪文的一部分。墩仔新建了禹洲云顶国际、中骏天禧等商品房小区，设有厦门市农业综合执法队、云顶学校等单位，片区内的主要道路有云

顶西路，隶属莲云社区。

　　新修的厦门山海健康步道林海线从墩仔上空越过，到达西林村范围，一路攀向观音山、东坪山，沿途可见东山水库、东坪山水库、上李水库等，最后抵达环岛南路的曾山海边，便是曾厝垵村的地盘了。

1995年的墩仔（曾少雄　摄）

第四章
西林村

西林村在今莲前西路以南，以无尾塔山与梧村交界，以西林东路与墩仔交界，村庄从山下向山上延伸，境内主要山峰有碧岩山、观音山、东坪山，水库有东山水库和东坪山水库。

西林村下辖西林社、东山社、东坪山社。1978年末，三个自然村人口规模相当，均为二三百人不等。

20世纪90年代中期，西林社兴建金鸡亭统建房小区，拉开了莲前路沿线大型住宅区建设的序幕。2002年，西林村成立村企业发展公司，村集体资产转化为村民股权，村民变股民。

西林是一个容易被忽略的地方，许多人在厦门生活多年，仍对西林印象模糊，更不知山上还有两个村落。西林社在山脚下，主要道路有西林路及其东路、西路，西林路把西林社划分为东里、西里两大片区。在西林东路的西侧、莲前西路的南侧，还有一小块区域的老村庄。

东山社和东坪山社在山上面，山上被建成东坪山公园，公园包含这两个村庄及多座山峰，主要道路有观音山路、东坪山路、东排山路。假若你有空到山上走一趟，山上的清风丽水、繁花秀木、村舍人家，定然不会令你失望。新开通的山海健康步道林海线，精华景区集中于东坪山公园之中，满目绿意盎然，满心欢欣畅快，在天然的大氧吧当中尽情地呼吸，完全地舒展。

1993年金尚路施工时的西林村一角（曾少雄　摄）

西林社：金鸡啼鸣，铺路站点

西林原称"狮篮"，谐音为"西篮"，在闽南方言中，"篮""林"同音，"西篮"渐变成"西林"。在许多老地名演变过程中，有的因义而变，有的因音而变，"狮篮"变成"西篮""西林"，是因音而变的典型。

清代，有姓林者从晋江迁入西林社。村民兴建贤灵宫，供奉温子公、妈祖。今址在西林居委会旁边。

西林社东起西林东路，西至东浦路，在莲前牡丹酒店后面，有条村道拐入西林社老村庄，村口设有西林社区居委会，竖有一块石敢当，街巷窄小迷乱，容易令人迷失了方向，绕来绕去，走酸两腿，竟发现回到了原地。

在旧村庄的里侧，1994 年至 1996 年间兴建了金鸡亭住宅小区，拥有 3300 多套统建房，小区配套建设了金鸡亭小学和中学，隶属于金鸡亭社区。金鸡亭的地名源于金鸡亭寺。

西林社村口立的石敢当

金鸡亭寺

金鸡亭始建于明代，这点并无争议。明万历年间，信众蔡锦文捐资修葺。后来，僧人们在亭内供奉观音菩萨，又称观音亭。清乾隆年间、道光年间，亭寺两度重修。清末，金鸡亭寺荒废无人，满目凄凉。

1914 年，金鸡亭寺翻建殿宇，增建僧舍。自 1987 年起，重建天王殿、大雄宝殿、藏经楼、僧舍、纪念塔、山门围墙等，建筑

金鸡亭内一隅

金鸡亭里面的普光寺

金鸡亭

气宇轩昂，肃穆庄严，似云中楼阁，如临圣境，至 1997 年重建完成，占地面积 1 万平方米，建筑面积 4800 平方米。金鸡亭寺又名普光寺，今址在莲前西路的卧龙晓城处。

金鸡亭铺

金鸡传闻后有了金鸡亭，后亭寺合一，久而久之，金鸡亭从一个寺名演变成一个地名，大概在金尚路与莲前西路交叉地带。

金尚路是通往高崎机场的迎宾大道，始于金鸡亭，经过尚忠社，故得此名。金鸡亭位于金尚路与莲前路交会处，交通位置显要。其实在古代，金鸡亭也处于交通要冲地段。

古时候交通要道主要为驿道和铺路，驿道级别高，相当于今天的国道，铺路类似今天的省市县公路，更低级别的是村道。厦门岛内不通驿道，有两条铺路与岛外连接，一条经过高崎，一条经过五通。经过五通的这条铺路，过了忠仑铺（也称张仑铺、中仑铺）之后，便到金鸡亭铺，终点站是和凤铺，大约是今大中路与镇邦路之间的和凤街。

铺路与驿道兼有交通、邮政两大功能，驿道的站点叫驿站，铺路的站点叫铺递，是补给、换乘场所，每个铺递通常设有司兵 2 人。

无尾塔山

在金鸡亭小区的西面，兴建了多个居民小区，其中怡富花园规模较大，一个含有该小区名字的莲怡社区随之设立，这儿便是西林社的最西边了。

金鸡亭小区与莲怡社区都背靠无尾塔山，海拔 172 米，山下建有塔山土地公庙，塔山应是无尾塔山的简称。无尾塔山介于西林与梧村之

无尾塔山脚下的土地庙

间，再往西便是龙山桥范围了，曾属莲坂，今属梧村。

东山社：观音山上，陈黯古墓

从西林东路拐入云顶岩路上山，便进入东山社境内，也进入了东坪山公园。沿途可欣赏无尾塔山、碧岩山、观音山和东山水库之美景。建成于 1958 年的东山水库，原为农业灌溉，今华丽变身为观光景致，20 米高的雄伟堤坝，百余万立方米的大型库容，移步换景的环水步道，使之成为山海健康步道云海线的热门景区，每日引来游人无数。

湖里区也有同名的东山社，为便于区分，西林东山社被称为大东山社或东山社，而湖里东山社被称为小东山社。东山社的主要道路为观音山路，经过观音山直达东坪山社。

东山水库边上的铜制威龙

东山水库环廊步道

地名由来

东山社的原住民姓叶。明代，莲坂叶伯颜之孙叶善祥（字广祯）到此开基，建成村落。叶伯颜的后裔散布于厦门岛内的莲坂、仙岳、西郭、枋湖、东山等多个地方，叶善祥是莲坂名人叶普亮的族兄弟。自莲坂叶氏族人多把墓地建于东山后，他们便来到东山开基，形成东山社。

他们为何取名东山社呢？东山社内并没有一座叫作东山的山峰。原来，叶氏族人从莲坂移居过来，这里地处莲坂的东面，又见群峰叠嶂，所以把新住地统称为东山。因此，东山不具体指哪座山，而泛指莲坂东面的群山。

观音山

"东山"之上的最高山峰为观音山，与何厝塔埔社的观音山同名。塔埔观音山海拔61米，东山观音山海拔252米，在厦门岛内，东山观音山海拔仅次于云顶岩（340米）、御屏山（264米，在梧村境内）。

说起知名度，塔埔观音山名气更大，那里兴建了观音山海滨休闲带、观音山国际商务区，以及观音山音乐学校，而东山社里的观音山，个头虽高，却似乎一直默默无闻。

不过，此观音山的历史人文底蕴却非塔埔观音山所能比较。此山中有郑成功夫人墓，更有陈黯墓。

东山水库

东山社的山野人家

山间小屋

陈黯墓

陈黯墓

陈黯是厦门岛上的大名人，是中原汉民最早迁居厦门岛"南陈北薛"的代表人物之一，他才华横溢，却一辈子跟科举无缘，科考18次，皆名落孙山，于是自嘲"场老"——科举场中的老人。

这位"场老"，晚年隐居金榜山中，死后葬于观音山北麓，墓形像寿龟，花岗岩条石砌成，墓碑上镌刻行书"唐场老陈先生茔"。

厦门将军祠那儿有个西边社，由陈黯后裔所垦殖，其堂号"西滨"，后谐音称西边，西边社由此而来。

东坪山社：山间盆地，傅氏开垦

东坪山社位于东山社之南，因位于东坪山东南麓而得名。东坪山海拔222米，由于地处梧村东南面，并且山中有盆地，是为坪，故名东坪山。

东坪山路从山上往西北方向下行，经梧村，与东浦路相交，直抵厦禾路，主要途经东坪社区，该社区名称正是取自东坪山路。梧村的主要道路东浦路，取自东坪山路与浦南社。

之前修建的东坪山公路仅一公里多，起初为土路，20世纪50年代军民携手，修建成水泥路，今在东坪山社村口大树下的一个大石块上，刻有《东坪山公路重修碑记》。

东坪山社另一条主干道是东排山路，路经东排山（高240米），与黄厝接壤。由此可见，东山社与东坪山社的诸峰，海拔几乎都在200米以上，连同周边的云顶岩、梧村山、御屏山等，撑起了整个思明区地势的脊梁。

东坪山社新居风貌

　　20 世纪 70 年代，东坪山下兴建东坪山水库，石坝高 12.5 米，库容 10 万立方米，该水库完全由村民自行设计施工，在没有任何外援和使用机械的情况下，自力更生完成的。

　　东坪山社原住民姓傅。老市区的大同路至霞溪路之间有一条傅厝巷，明代御史大夫傅珪墓坐落于此，俗称傅厝墓。明天顺年间，傅珪之父兄在此居住，后来傅珪之子傅镇考中进士，官至右副都御史、提督。傅珪被尊为傅厝巷傅氏开基祖。之后为了躲避战乱灾荒，傅珪后裔傅国鼎的三个儿子迁居东坪山上，肇基创业，开枝散叶，传至今日。

　　村舍散落山坳之间，隐隐云雾缥缈，观老宅洋楼，闻鸡鸣狗吠，逛半山庙宇，摘路边野花，拂林间清风，想古时隐士。村中建有福灵宫，祭王公、王娘，始建于 1941 年，2000 年重建。

　　从 2019 年起，东山社和东坪山社的少数无房户、住房困难户申请外迁安置，多数居民仍留居山中。山间的日子，时间缓缓流，步子慢慢走，生活悠悠过。

傅氏宗祠

大树下的《东坪山公路重修碑记》

东坪山水库周围风景

滨海串珠

　　沿着蜿蜒的环岛南路，通往大学路、民族路，东望小金门，西邻鼓浪屿。从曾厝垵文创村到珍珠湾、白城海滩，再抵演武大桥、双子塔大楼，已然成为市民游客观光的热门路线。

　　滨海街道成立于1996年，下辖黄厝村、曾厝垵村，以及白城、厦大、北村等多个居委会。2003年，黄厝村、曾厝垵村分别改制为黄厝社区、曾厝垵社区。

　　滨海街道面积约17.4平方公里，相邻的厦港街道不足2平方公里。新中国成立前，曾设置厦港区，新中国成立前该区被撤，拆分成几个街道，归思明区。1955年成立厦港街道，后更名为厦港公社，改革开放后恢复厦港街道之名。

　　厦港还成立了厦门海洋渔捞公社，同一片区域，并存两个公社，生动地反映出厦港片区城乡并存、工农兼有的特质。1979年末，厦港居民约35000人，其中22%属于渔民。厦港海边是厦门岛上唯一留存的疍民聚居地，疍民以船为家、浮游江海，是渔民中的特殊人群。

　　据考古发现，思明区南部海滨是厦门岛上最早有人活动的区域，在此发掘出史前时代的诸多石器。千百年过去，这里依然是一块风水宝地，人气超旺。

第五章 黄厝村

若干年前，环岛路刚刚修好，路上观光自行车，有单人骑的，有情侣版的，有一家三口式的，休闲的人们，吹拂着海风，遥望海的那头。

正月里，正是草莓红透的时节，一波波人流就这样涌入田间地头，采摘，洗净，尝一个鲜，咬在嘴里，甜在心头，真想岁月可以永远这样在阳光灿烂中甜蜜下去。

拎起一筐筐、一袋袋草莓，满怀着欢欣，铃声叮叮叮，骑着轻便的观光自行车，满载而归，把成果分享给更多亲密的人。

黄厝——从此牢记住这个散发着草莓清香的名字，那里有一丘丘硕果累累的农田，有一个个正在种植的农民，有一群群活蹦乱跳的土鸡，这种田园景致，令一个个平淡的日子变得活色生香起来。

不知从何时起，路边的那些田园消失了，取而代之的是连排的酒店与别墅，草莓不见了踪影。今天游览环岛路的人们，大概不会想到黄厝不久前还基本是农村，他们眼中的黄厝，是椰风寨、海韵台，是数星园、玩月坡，这么有诗意的地方，哪有农村的半点影子？在这儿，不妨来数星星有几颗，来看晚上月儿有多圆，来吹隔海而来的风有多爽。

也不妨来抚弄清凉的海水，可以濯我脸兮，亦可洗我足兮。黄昏时分，不妨在夕阳映照下，踩着连绵的柔软沙滩，哼唱起"晚风轻拂澎湖湾，白浪逐沙滩……"

黄厝海岸线很长，东北端起自石胃头，与前埔村接壤，西南端抵达溪头下，与曾厝垵村交界。黄厝依山临海，曾建设农场，1970年成立黄厝生产大队。20世纪70年代，黄厝大队的民兵营名噪一时，农忙拿锄头，农闲扛步枪，组织海防军训，晚上村民轮流到海边哨所站岗巡逻。

1984年黄厝大队改制为黄厝村委会，下辖黄厝社、茂后社、黄厝新村、塔头社、溪头下社，今隶属黄厝社区。

1999年的黄厝村（曾少雄 摄）

黄厝社：黄姓走远，海景临近

黄厝村名取自黄厝社，明代便有姓黄者聚居于此，后来瘟疫流行，大部分黄姓村民死亡或外迁，黄厝村塔头社的林姓族人迁入茂后社，再转迁黄厝社，这里也就成为林、黄、叶、李、陈、郭等多姓杂居地。

黄厝社老村庄在黄厝路与黄厝中路的交叉地带。黄厝路从广播山直通白石炮台，全长5公里，位于环岛南路内侧，这两条路走向大致平行。黄厝中路介于云顶南路与环岛南路之间，途经茂后社、黄厝社，与黄厝路几乎垂直相交。

黄厝社内有个涌泉宫，1998年重建，选址在黄厝西路旁，主祀池府王爷（老爷祖）。

1978年末，黄厝社村民共76户344人，人数在黄厝村仅次于塔头社。时至今日，这里依然经济活跃，商业气息浓厚，小吃摊点扎堆，民宿客栈遍布，原先连成片的草莓田，建成了悦来海景、帝元维多利亚、荣誉国际酒店和多个别墅小区。

"永不止步"马拉松群雕

在环岛南路的黄厝中路口，坐落着国内最大规模的微雕艺术馆，微雕奇人在米粒大小的石子上雕刻一辆奔驰车，在高倍放大镜显示下，车子的方向盘、座椅、轮胎、标志等零部件清晰可见、历历可数。

境内的石胄头曾经属于前埔村，该地名曾引发了市民大讨论，有的说石胄头、石渭头，有的说石茂头、石帽头，争论不休。石胄头之说源于当地有个大石头状如头盔，而头盔即胄，故得此名。厦门文史专家何丙仲表示，石茂头在闽南话中谐音为石墓头，因为当地一块岩石下有座大墓，是南宋叶元潾（莲坂开基祖叶颐长子）之古墓，故民间仍习惯称石墓头，又因那岩石略似帽子，故也称石帽头，简化为石冒头，冒错写为胃、胄等字。2013年厦门市民政局编写的《厦门市地名志》中将此定名为石茂头，但是公交车报站名至今仍报称石

黄厝海边碉堡

玩月坡风光艳丽

黄厝社老民居

夕阳下的柔情

胄头。

环岛路上的"回"字形石雕以及广播山外海都属于石胄头范围。石胄头是环岛东路、环岛南路的分界点，两路交界处设有一长串的马拉松群雕，仿真人动作神态，形象惟妙惟肖，成为厦门马拉松赛事的一道闪亮风景。

海边的椰风寨曾是异常热闹的儿童游乐场，现改为海洋科普园。附近海滩上搭了不少小帐篷，成为背包客们的乐园。不经意间，抬头见旧碉堡立眼前，转头遇白浪花朝你笑。

在环岛南路的云顶南路口，矗立着一把闪闪发光的"9·8"金钥匙，成为黄厝的一个地标雕塑。

茂后社：云顶岩下，大墓后头

　　茂后原称墓后，因为村子前面有个大墓，故谐音雅称茂后。此墓主人为叶元潾，乃厦门莲坂叶氏开基祖叶颐的长子，大墓位于一个巨岩下，上书"宋十五郎叶公墓"。

　　黄厝社靠海，茂后社靠山，茂后在黄厝社的内侧。塔头社的林姓迁此开基，居民多姓林，之后陈、周、王、郑、吴等姓移入。民间宫庙有拱南宫，供奉上帝公（玄天上帝）。

　　茂后社位于云顶岩南麓，今在环岛干道边上有条登山步道直通山顶。山顶是看日出的好去处，旧时"洪济观日"为厦门"大八景"之一。山顶巨石磊磊，有个旧碉堡被遗忘于时光深处。在环岛干道内侧新建了连排别墅，均为开山建造。

残垣古树老屋

　　20世纪60年代曾建茂后水库，土坝高12米、长16米，库容近50万立方米，用于农田灌溉兼淡水养殖。水库旧址在云顶隧道南口附近，今建成了云顶庄园。在环岛干道黄厝隧道的茂后口附近，有一座小溪堤坝旧址，可能是以前的小溪汇入水库之处。一旁还建有公路桥隧维护应急中心黄厝路灯站。

云顶岩山顶碉堡

茂后社村庄里还有不少老旧厂房和花卉市场，海西花鸟城亦在其中，有大片闲置用地改造为临时停车场。村里除了黄厝中路之外，东侧另有一条与之平行的村道，介于黄厝路与环岛干道之间。

与云顶南路相接的黄厝中路，由北往南先后贯穿茂后社、黄厝社，路的北段属于茂后社，南段属于黄厝社，两社房屋连成一体，没有明显的分界线。黄厝中路北段往西又分叉出茂新路，穿过云顶南路，抵达黄厝新村，因为连接茂后与新村，故名茂新路。

黄厝隧道口旁的小溪坝旧迹

环岛干道茂后村口的大榕树

云顶南路的草厝路口

黄厝新村：深山怀抱，别名草厝

黄厝新村主要位于今云顶南路西侧，1958 年，一部分黄厝村村民为躲战火，迁入大山深处，建设新村，故得名黄厝新村。

环绕新村的群山包括东排山（海拔 240 米）、观音山（海拔 252 米）、云顶岩（海拔 340 米）等，都是"大块头"山峰，躲入深山丛林的人们，只为图一个远离硝烟的平安清静日子。

黄厝新村又称草厝，昔日陈嘉庚弟媳王碧莲建草屋于此，作为修行的庵堂，草屋即草厝，久而久之，所在村落也被叫作草厝。可见陈嘉庚的弟媳在当地应该也是小有名气。

今在国家会计学院的北侧，保留下来了草厝路，与云顶南路斜角相交，从黄厝新村通向黄厝社。云顶南路以东的草厝路为东西走向；云顶南路以西的路段则为南北走向，直抵云顶岩脚下，沿途荒草萋萋，思明环卫草厝停车场即设置于此。

在黄厝新村的大片荒地上还有一条祇园路，因为抵达祇园寺，故得此名。祇园路旁有一座微型水库，周遭被铁丝网严密围住了，似乎已被时光彻底遗忘。以前黄厝新村曾建造过几座水库，不知仅存下来的这个叫什么名字，它走过的岁月必然布满沧桑，它迟迟的回望令人充满感伤。

当年的新村已成为旧地，烟火密集处换了野草园。夕阳斜映下，青草任性地爬满了平野。草厝？草得名副其实，厝却不见了踪影。

塔头社：防城驻地，科甲鼎盛

在黄厝村的5个自然村中，塔头社人口最多，1978年底有570多人，相当于茂后、黄厝两社之和，而黄厝新村、溪头下社的人口都只有100多人。

塔头社也最具历史底蕴，相传很久以前，塔头社的山坡上造有一座7层石塔，大雁时常栖宿于此，从而赢得了"塔影雁阵"的美名，村子因雁塔所在而称塔头。

六百多年前，明朝政府在此修筑巡检司防城，比厦门城还早建几年。何厝塔埔社的黄氏先祖黄上石曾奉命镇守塔头寨，这里涌现出众多名人，为后世传颂。

防城驻扎地

据《厦门志》记载，塔头巡检司防城建成于1387年，城墙周长130丈，高1丈7尺，墙宽8尺，南北门二，窝铺四。该巡检司的前身是石湖巡检司（亦称嘉禾巡检司），原驻扎于高崎。我国的巡检司设置始于五代，是地方州县政府的派出机构，主管基层治安，相当于今天的派出所。

厦门城建成于1394年，原址在今厦门市公安局周边区域，城墙周长425丈，1685年重建之后，增至600丈，约1900米。

石头老宅

塔头城与厦门城同属军事城堡，塔头城的建造时间稍早，厦门城的建造规模更大。

厦门城还有一段约百米长的城墙遗迹，塔头城只有遗址供今人凭吊。塔头巡检司防城所在的小山被称为"营内山"，海拔39米，营内山靠海，大约在今亚洲海湾大酒店附近。

奇人林奇石

塔头社的原住民当中林姓居多，北宋年间，晋江林励率族人迁居于此，开枝散叶，后代以"雁塔科第"为堂号。位于今塔头社445号的林氏宗祠"雁塔敬贤堂"，古色古香，庄重典雅，肃穆沉静，祠堂前面的村道也被修建为仿古风格，穿越时光隧道，散发思古幽情，两者相得益彰。

林奇石是塔头社出的第一位解元。解元、会元、状元合称"三元"，"连中三元"是古代读书人的至高梦想。解元是乡试第一名，相当于今天的全省高考状元。会元是会试第一名，相当于今天的全国高考状元。状元是殿试第一名，

建在岩石上的老屋

雁塔敬贤堂

亨万公祠题词

林宗载题碑

年代感十足的"红色墙面"

通过了会试的贡士们，由皇帝亲自面试，面试第一名为状元。

乡贤多科第

考中解元的除了林奇石，还有清乾隆二十一年（1756 年）解元林发春和清乾隆六十年（1795 年）武解元林培荣。

进士指参加了皇帝殿试的贡士们，塔头社考出来的进士几乎扎成堆：南宋绍熙元年（1190 年）进士林大章，曾任龙溪知县；明万历三十八年（1610 年）进士林一柱，曾任湖广御史；明万历四十四年（1616 年）

进士林宗载，曾任太常寺卿；明崇祯十六年（1643年）进士林志远，曾任工部主事；清乾隆十年（1745年）进士林翼池，曾任湖北来凤县令。

官至正三品的林宗载，字允坤，号亨万，崇祯皇帝即位时，林宗载负责安排祭告祖庙和皇陵的大典。其故居在今塔头社180号的"亨万公祠"，2015年重修，门匾"亨万公祠"由南普陀方丈则悟题写。在塔头社121号的一棵大榕树下，立有崇祯五年（1632年）林宗载题写的一块石碑，碑题"皇明"，详细碑文为：崇祯五年壬申腊月吉日，浙江湖州府、江西彭泽县两学司训，壁峰林公暨配祖妣吴氏李氏墓道，落款"赐进士通议大夫太常寺卿曾孙宗载题"。此碑文为林宗载退归后为曾祖父所题写。在南普陀寺后山，有林宗载题刻的"飞泉"二字。

林翼池字凤宾，号警斋，在任来凤县令期间，修建城池，安居百姓，兴办学校，教以诗书，杜绝械斗，修纂县志，使当地民风大为好转，民众知书达礼。

一步一景致

塔头社内的主要道路为塔头路及其中路、东路，道路宽敞，路网密布，漫步其间，容易迷路。不过也好，随性行走，一个转角，或遇上一处惊艳、一次回眸，或邂逅一段传奇。

在塔头社34号遇见气度不凡的协德宫。此宫始建于清康熙三十九年（1700年），近期于1986年、2005年重建，供奉崇德尊王、广泽尊王、水仙尊王等"三王公"。

塔头社保留了一座远近闻名的黄厝知青楼，建于1974年，两层小楼，花岗岩砌筑，歇山顶，为闽南民居风格。当年本地民居皆为平房，唯有这栋是两层楼，算是当地的"最高建筑"了，供上山下乡的知青们集中居住。据悉，这是厦门岛内唯一保存完好的知青楼。

塔头社背靠金山寨山，此山海拔202米，村里老人介绍，很久以前真的有人在山上挖到金子，故以此命名。山下一泓清水为塔头水库，1965年建成，坝高17米多，堤长63米，库容25.5万立方米，原作农用，今与金山寨山合成"金山银湖"美景。

塔头社的不少民房改造成民宿客栈，还建有高尔夫俱乐部，境内设有滨海派出所、滨海小学、黄厝社区居委会等单位。

塔头水库一角

溪头下社：溪水下游，浪漫婚拍

金山寨山与曾山之间流出一条小溪，由北往南，从溪头下社出海，溪水在此到头了，故名溪头，因为村庄建于溪水下游，故名溪头下。早年塔头林姓迁入，清代漳州陈氏迁居于此。后来苏、黄等姓陆续迁入。

溪头下社临海，村庄小，仅 0.13 平方公里，在 1978 年末，村民仅一百人出头。20 世纪 90 年代初，这里曾建设景州乐园，邻近处还有一个金海乐园，是当时环岛公路上最早的两个游乐园，而今它们均已不复存在。那时，环岛路尚未修建，在狭窄的乡村公路上，似乎只有一路公交车通往两个乐园。

在环岛南路内侧，原景州乐园处，今建了景州一路，路线呈半圆形，两头都跟环岛南路相接。环岛南路外侧靠海的老村落，建成了婚纱摄影的时尚聚落。这儿浪漫十足，温馨可人，街巷精致装扮，有相遇街、相知街、相思街、相恋街、牵手巷……一旦执子之手，决意相伴一生。

这儿的咖啡小屋、创意婚拍、柔情客栈、婆娑古榕，都令人感觉愉悦，宠辱皆忘，没有了岁月多艰，远离了人生多难。祝福有情人，愿你走出半生，归来仍是少年。承诺有情人，当你老眼昏花时，仍有人把你当成手心里的宝。

村子里的宝海堂，祭祀保生大帝（大道公）和妈祖娘娘。该庙始建于明万历三十二年（1604 年），清嘉庆四年（1799 年）重修，时隔近 200 年，1997 年再度重修，新庙坐北向南。

溪头下社的环岛南路村口，坐落进明寺，2001 年重建，占地 3000 平方米，由山门、主殿、钟楼、鼓楼、放生池组成，寺庙住比丘尼和菜姑。

爱在溪头下

溪头下社曾于 1976 年建设了全市最小水库，库容量仅 3.6 万立方米，现已不见遗迹。从溪头下往南前行，海滨美景尽收眼底，一会儿便到思明区最南端的白石炮台遗址了，这里已是曾厝垵境内了。

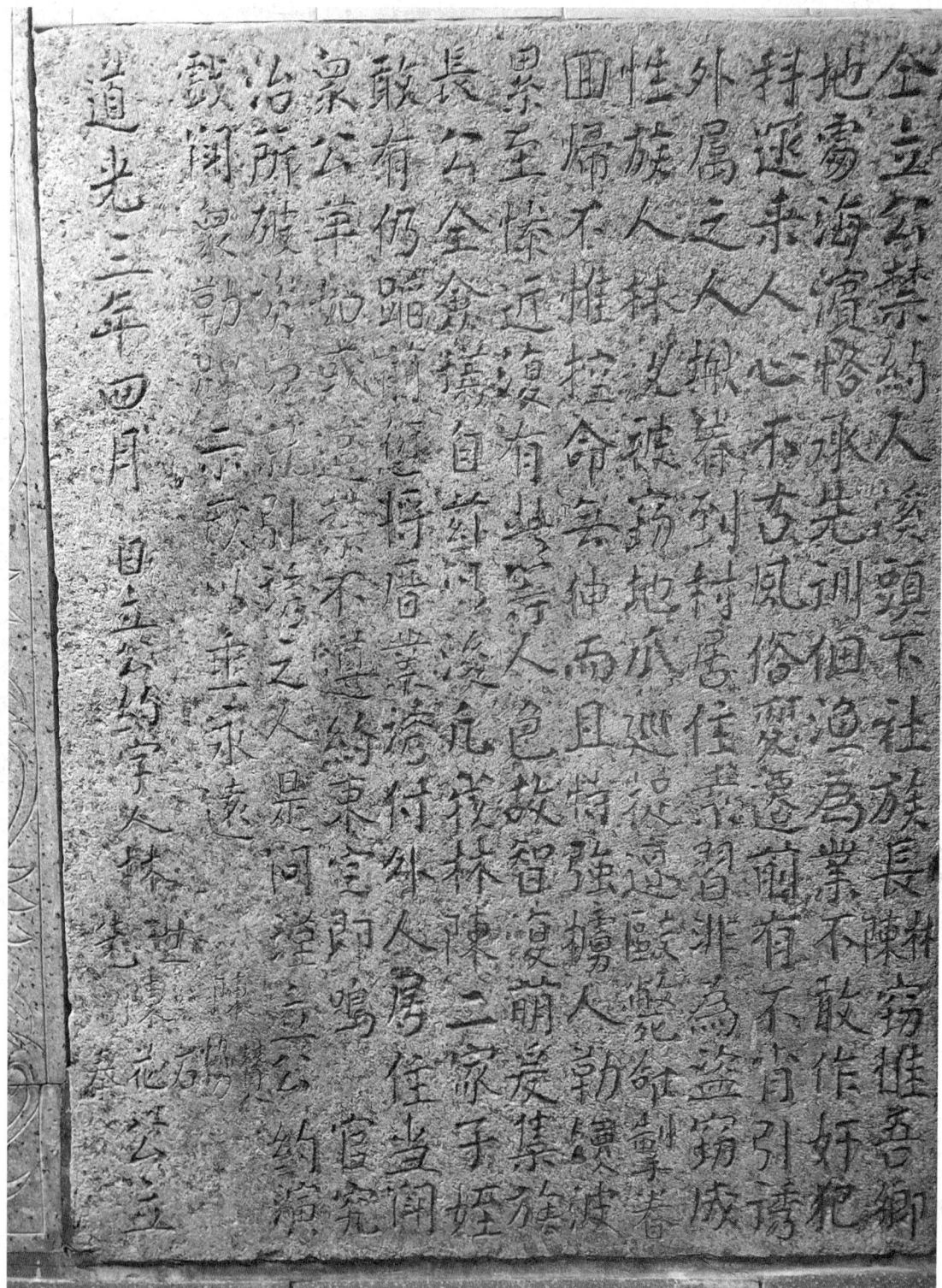

宝海堂内墙壁上的清光绪年间石刻

温馨浪漫的粉红小径

第六章
曾厝垵村

曾厝垵旧名曾家澳，意思是曾姓人居住的港湾。这儿长期以来以渔为业，新时代渔民上岸，渔村变身文创村，背包客纷至沓来，民宿井喷冒出，五湖四海的小吃琳琅满目，这里成了旅游打卡网红点、文艺创作示范地。

海滩边，音乐广场汩汩流淌出的怀旧金曲，吸引来一批批游人驻足而立，侧耳倾听；书法广场古今文字的演变史，带你体验一次奇妙的穿越之旅。横跨环岛路的鱼骨天桥，随时提醒你这是一个创意无限、活力无限的神奇所在。

在黄厝村与曾厝垵村之间，由南往北的分界线依次为胡边山、曾山、上李山、南山后山。胡边山在白石炮台遗址一带，曾山位于环岛南路内侧，上李山为上李水库所在地，南山后山往北就是西林观音山了。

曾厝垵村依山傍海，20世纪五六十年代这里曾建农场，1970年成立前哨生产大队，1980年改称曾厝垵生产大队，1984年改制为村委会，2003年村改居，现在除了曾厝垵社区，还有上李社区。

昔日的曾厝垵村，东起白石炮台与黄厝接壤，西至胡里山炮台与白城相邻，南到大海，北邻西林，面积6.5平方公里，但是下辖自然村众多，改革开放前共计10个，后来港口社并入曾厝垵社，下辖曾厝垵社、仓里社、前田社、前厝社、后厝社、东宅社、上里社、西边社、胡里山社等9个自然村。厦门市禁毒委、厦门市文联、科技中学、思明区检察院、思明区交警大队、滨海街道办等单位设立于此。

1986年的曾厝垵村（曾少雄 摄）

曾厝垵社：曾家旧澳，文创新村

白石炮台遗址是厦门岛陆地最南端，也是曾厝垵社的最东端，由此沿海滨往西前行，直至环岛南路与龙虎山路交界处，均属曾厝垵社的范围。

曾厝垵社主体被改建成具有浓郁小资情调的文创村，享有"中国最文艺渔村"的美名，这儿还有音乐广场、书法广场、小白鹭艺术团等，无不散发出浓浓的文艺气息。

这儿还是厦门岛原住民最早活动的地方，从曾厝垵社到厦港一带的沿海区域，考古发掘出新石器时代晚期的石锛、石戈、石镞等工具，说明那时候先人们就在此生活了。

白石炮台遗址

在思明区南部海滨，昔日由东往西分布着白石炮台、胡里山炮台、盘石炮台，除了胡里山炮台还完好地保存下来以外，另两个炮台均无遗迹留存。盘石炮台遗址在大学路上，比邻国家海洋三所，现为部队干休所用地。

白石炮台直至 1995 年修建环岛路时被拆除，如今，炮台遗址成为厦门山海健康步道林海线南部端点。这里的石头非常洁白，此处炮台名曰白石炮台。因为地处南端，气候温润，适宜生活。

唐代中期，来自中原的薛令之、陈僖两大家族迁入嘉禾屿，拉开了汉人开发厦门岛的序幕。唐末，设置嘉禾里，隶属南安县同安场，厦门岛上才有行政设置。宋元时期，岛上开始有军事设置，曾厝垵地处临海最前线，军事角色吃重。1551 年，明朝在曾厝垵海边设置靖海馆，后改为海防馆、督饷馆。1662 年清朝在这里驻守水师提督，1683 年施琅在这里组建水师提督衙门，次年将衙门移至厦门城内。

1876 年，在胡边山西南麓修筑白石炮台，有力抗击了海外入侵。胡边山海拔 50 米，旧时多植松柏树。炮台遗址外的海滩上，有个黑黝黝的墩仔石，成了婚纱拍摄的热门点，黑色的礁石，蔚蓝的海水，洁白的浪花，手捧一束艳红的鲜花，青春洋溢的脸上笑开了花，这些景致被珍藏于一本本相册里和一个个心窝里。

曾氏开基祖

当前曾厝垵社的原住民多数姓曾，其开基祖为曾光绰。曾光绰曾担任枢密院使，从苏州常熟县随南宋皇帝入闽，景炎元年（1276 年）择居厦门岛，其居住地被称为"曾厝安"，别名"禾浦"，浦即水边平地，意思是嘉禾屿的水边；又称"曾家澳"，指曾姓族人居住的港湾。

在本地话中，垵指平缓的坡地，介于平地与陡坡之间。陡坡称作崎，平地在水边称作浦，在山边称作埔。曾厝垵就是指曾家人所居住的平缓坡地。曾厝安与曾厝垵，古今地名，正好谐音。

曾厝垵的曾氏后裔分出大房、二房、三房、四房。曾氏宗祠坐落于今曾厝垵文创村的文青街上，又名"创垂堂"，1938 年曾毁于战火，1992 年重建。

曾光绰为龙山曾氏十八世祖，龙山曾氏始祖为曾延世，至九世祖曾光亮担任了宰相，曾光亮始建龙山祠堂，尊奉曾延世为龙山衍派的曾氏一世祖，自此，龙山一派成为我国曾氏家族的第三发脉地。

道教太清宫

太清宫坐落于曾山（海拔 174 米）脚下的天泉路，背山面海，原址在清初建造天后宫，主祀妈祖，曾一度香火鼎盛，时有道士在此修行。

太清宫旧照（图片来源：洪卜仁著《厦门史地丛谈》）

太清宫已新建了玉皇殿、太极殿、灵啸洞、元辰洞等神庙，供奉太上老君、天皇大帝、玉皇大帝、吕祖、妈祖、斗姆元君、关公等道教神明，宫庙常住者为全真龙门派和正一派道士。灵啸洞后山有摩崖石刻《太上老君道德真经》全文，以及《厦门曾厝垵太清宫捐金石碑记传芳》石刻等。

太清宫的建筑群恢宏壮观，外墙主色调为黄色，体现了道教崇尚中黄的理念，玉皇殿前的广场上印有太极八卦图案。

启明寺

曾厝垵社的靠山脚处，今址曾厝垵社 405 号坐落着启明寺，常住比丘尼与居士。这里明代时建了土地庙，称东宫，清代重修。光绪十六年（1890年），新建崇文祠。清末民初，专为女众修道之所。1985 年重建，后被台风摧毁。

最新重修的寺宇，前排大殿为天王殿，左右两侧分别为地藏殿、伽蓝殿，中排主殿为大雄宝殿，左右两侧分别为观音殿、祖堂，后排建弥陀殿。

太清宫广场

圣妈宫

圣妈宫一角

圣妈宫牌坊

金炉

金门蔡府

在文创村的教堂街上，有座气派的"金门蔡府"，题有"兵部尚书府"匾额。此为蔡复一的后代所建，以此纪念蔡复一。

蔡复一，同安人，为明万历年间进士，官至兵部右侍郎，病逝后被追赠为兵部尚书，赐谥号"清献"。蔡复一文武双全，经常废寝忘食，夫人李氏灵机一动，用薄面皮包上油饭和菜烩，卷成圆筒状，供丈夫饥饿时随手取食。传说厦门薄饼就这样被发明出来。

蔡复一的后裔衍播至金门，金门蔡氏十六世孙蔡世直供职嘉禾巡检司时，落户曾厝垵社，府第始建于1822年，旧址在今曾厝垵社260号，1958年被金门炮火炸毁，至今屋内仍保留着一小段残墙。2013年，蔡氏后人修缮故居，厅堂正中悬挂着蔡复一画像，配上一副对联：派衍万安源远流长宗海印，亭升一览高山仰止表金门。

炮火炸毁的残墙

兵部尚书府

华侨乡贤

曾厝垵社已无老村庄，主要建成了曾厝垵文创村，设文创街、国办街、中山街、文青街、教堂街、旗杆内街等街巷，人间烟火气弥漫。

国办街名字取自乡贤曾国办。1927年，华侨曾国办返乡捐建环岛公路，从镇北关（今白城一带）到曾厝垵，长达五里，官方为此题刻"国办路"石碑，予以铭记，后来路毁碑断。当时，曾国办还与族弟曾国聪开办了思明戏院，为思明电影院的前身。国办街现在是文创村内最繁华的街道，它是国办路名的延续。另外，民国时期曾厝垵的海军航空处飞机场的用地，也是曾国办捐献的。

清嘉庆年间，村民曾旺来驾船赴印尼海域捕捞海参，在当地晒干后运回厦门销售，由此发家致富。曾旺来带领儿孙多人（如曾国裕、曾国聪、曾国明等）在印尼立稳脚跟，并带动了曾文扬、曾举荐、曾江水、曾国办等村民前赴南洋，成为一方富豪。其中，曾举荐在新加坡创办了火药局，并自创"诏远号"做批发生意。

仓里社：八郎开基，灯山堂号

曾厝垵社和仓里社以龙虎山路为界，龙虎山路途经龙虎山，此山海拔 72 米，形似龙虎对峙，龙虎山路介于环岛南路与文屏路之间，一度称作文曾路。

仓里社在厦门市文联、厦门艺术学校、厦门科技中学、思明交警大队一带，仓里路经过文联大楼旁侧，介于曾厝垵北路与西边社之间。仓里容易使人联想到谷仓、米仓，难不成这里早先是鱼米之仓？

昭惠宫

在龙虎山路与环岛干道交叉口的西南角，保留了仓里旧村庄。村口坐落着昭惠宫，硬山式规制，抬梁式屋顶，燕尾脊上有剪瓷贴塑双龙。此庙始建于 1833 年，由下南洋致富的乡亲多次汇银捐建，1916 年和 1994 年两度重修。昭惠宫主祀黄圣帝和关帝君，配祀王公、王妈、注生娘娘、妈祖娘娘。

在老市区洪本部街 160 号也有一座昭惠宫，是陈氏宗祠，始建于明末，供奉陈化成、陈元光等陈氏先祖。仓里昭惠宫与洪本部昭惠宫并无关联。

昭惠宫

灯山堂

仓里原住民多姓黄，系出紫云衍派，元代，黄守恭后裔八郎迁至仓里，为仓里黄氏开基祖，八郎以制作蒸笼为业，真实姓名不详。仓里黄氏先民最早有姓名记载的，见于东坪山上祖坟，墓主名字为黄德侯及妻唐淑慎，由三个儿子黄仕荣、黄仕科、黄仕华在乾隆十九年（1754 年）建造坟墓。

黄氏族人世代以农渔为业，明清之际，族人开始出海做贸易，仓里没有沿海，便到相邻的曾厝垵社、西边社码头登船出海，闯荡远洋。

厦门市文联大楼俗称红楼（图片来源：洪卜仁主编《厦门旧影新光》）

黄氏族人起先在昭惠宫旁建造"黄氏小宗"家庙，后迁建于今仓里社126号，改堂号为"灯山堂"。清咸丰八年（1858年），十五世孙黄孝章重修族谱，订立辈分排行，并写成对联：孝友传家克承祖德，贤良济美丕振邦光。对联中的辈分排行，一直沿用至今，镌刻于新修缮的"灯山堂"黄氏家庙大堂中央。

红楼

市文联办公楼的外墙为朱红色，俗称红楼，为近代西式建筑。1919年，印尼华侨黄洁传、黄大厝合建此楼。红楼由前后两座双层红砖洋楼、护厝和天井组成，占地2600平方米，1945年被厦门第一侨民师范学校租作校舍。

前田社：原住黄姓，隧通白城

仓里社与前田社均位于今环岛干道两侧，前田在仓里之西，原住民也主要姓黄，系仓里社黄姓的迁播，两社同祭昭惠宫，供奉黄圣帝和关帝君，并合用一小间老人活动室，在昭惠宫旁侧。

前田社兴建了曾厝垵东里小区，龙虎西二路穿越境内。房舍新旧杂处，或人去楼空，或改为客栈，或租住给外来人口。前田之名缘何而来？笔者请教了当地多位村民，他们都摇头表示不清楚。那是否是旧时村庄前面有田，故名前田？

1978年末，前田社与仓里社人口数量相当，均约50户近250人。前田社西与西边社、前厝社接壤，环岛干道白城隧道东口便在前田社内。

前田社与仓里社共用的老人活动室

上里社：依山而建，上有水库

上里社也称上李社，它与曾厝垵社以环岛干道为界，与仓里社以龙虎山路为界。上里社位于龙虎山路以东，环岛干道以北，龙虎山以南，曾山、上李山以西，地名取自上李山。

龙虎山路沿线新建了浅水湾畔、大洋山庄、鹭悦豪庭、鹭悦小区等居民区，以及科技中学、软件园等单位，今属新设的上李社区。上里社老村庄仍隶属曾厝垵社区。所以上里社与上李社区实际上并不是一回事。

地名说

在文献资料中，或称上里社，或称上李社，究竟哪个是正宗说法，哪个是最初名称？我在上里社老村庄里偶遇路边闲坐的父子两人，父六七十岁，儿三四十岁，就地名一事向他们咨询。他们说两个地名通用，但是哪个更正宗，分歧就出现了。老父说，最早的时候叫上李。儿子说，起初叫上里，后来改上李，现在又改回上里。

如今村庄里的门牌地址一律写的是"上里"，说明这是如今官方认可的地名。然而，据厦门市地名办1980年编写的《厦门市地名录》，以及思明区地方志编纂委员会办公室2017年编写的《厦门市思明区志》，书中均写为"上李"，只不过，《厦门市思明区志》介绍上李水厂内容时又特别注明"上李村"原名"上里村"。

令人不解的是，同样在1980年出版的《厦门市地名录》书中，把"上李水库"写成了"上里水库"，介绍文字称，"因建于上里山附近，故名上里水库。"可是在该书"主要山峰一览表"章节中注明的却是"上李山"。

究竟哪个地名更正宗，笔者也不得而知。本书按习惯叫法，仍写作上李山、上李水库，以及上里社。究竟是社因山名，还是山因社名？据悉，当地原住民大多姓李，迁自安溪，因为村落地处山边，地势较高，故称"上"，与姓合为"上李"地名，似乎比较顺理成章，如此说来，"上里"很可能是谐音而造成的混用。

九龙殿

在龙虎山路旁的鹭悦豪庭、鹭悦小区内侧，靠山边一带是上里社旧村庄，村舍基本沿上李山（海拔148米）而建，房屋从山脚延伸到半山坡。一条上山主干道修成了水泥路面，路旁不少老屋废弃坍塌，徒留几段断壁残垣。

在山脚下，今址上里99号坐落着九龙殿，主祀池府王爷，配祀土地公和注生娘娘，庙宇始建于清康熙四十一年（1702 年），1981 年重建。池府王爷祖庙为翔安马巷的元威殿，始建于明天启年间。

　　九龙殿边上有口古井，地面上的方形井沿由条石垒砌而成，井中水质清澈，悦目清心。自从村里开通自来水后，村民们便基本不喝井水了，只用井水来洗衣洗菜、浇花浇菜了。

　　旧村落边上的龙虎南里统建房小区也在旧村征拆基础上兴建而成，隶属于上李社区。

上李水库

　　位于上李山、龙虎山北麓的上李水库，也称上里水库，作为厦门市区的饮用水源而建。1924 年，华侨黄奕住、绅士黄世金集资建设，由德国西门子公司承包工程，俄罗斯工程师当监工，1926 年竣工投产。水库采用花岗岩堆砌拱形坝体，坝长 108 米，坝高 25.5 米，顶宽 3.5 米，占地近 19 万平方米，库容量 100 万立方米。水库建造减洪设备设有三孔排洪。

　　1932 年鼓浪屿建造水塔，上李水库饮用水被运至鼓浪屿，开始供应鼓岛居民。上李水库一直是思明区居民饮用水的重要水源，直到 2003 年才停止供水。近几年，上李水库华丽变身，成为一道美轮美奂的观光景致。远远望

古井

去，宛如无限柔情的一泓碧眼；走近一看，雄伟壮观的堤坝使人豪情万丈。

上李水库雄伟的堤坝

上李水库

前后厝：后厝山下，近靠公路

地处珍珠湾一带的曾厝垵西路，从海边一直往里通向老村庄，与一条村道相连，该村道连接了前田、前厝、后厝、东宅等自然村，前田位于村道前段，东宅位于村道后段，村道中段两侧分别是前厝和后厝。

之前，前厝和后厝社前面建有乡村公路，前厝社相对靠近公路，后厝社在前厝社后面，两社故得此名。两社原住民姓林、姓黄者较多。

位于后厝151—1号的净圣堂，1827年由林氏先祖始建，庙宇历经多次修缮，1997年、2019年两度重修。净圣堂主祀保生大帝，同时供奉大帅、二帅、注生娘娘、大官大帝、三太子、虎爷等神灵。

后厝社在后厝山下，此山海拔149米，山因社名。前厝、后厝和前田、东宅，几乎连成一体，难分彼此界线，甚至两座连在一起的房屋都属于不同的村社，令人难分。

净圣堂富丽堂皇的藻井

净圣堂

东宅社：傅姓先民，东坪分衍

　　东宅社北望东宅山（海拔 220 米），因与湖里五通东宅社重名，1980 年改称下东宅社，不过如今门牌地址又写作东宅社了。

　　东宅社的原住民姓氏较多，包括傅、林、黄、郑、李等多姓，其中傅姓为清初厦门老城区傅厝巷傅氏分衍于此。傅厝巷的傅氏，明代分衍于东坪山社，清代再由东坪山社分衍于东宅社。两社分别位于东坪山下和东宅山下，两山南北相对而立，中间以文屏路和龙虎山路为界。

　　1977 年东宅坑水库建成，为混凝土坝，高 15.5 米，长 150 米，库容 20 多万立方米，用于灌溉农田兼淡水养殖。2007 年，东宅社与前厝后厝部分片区进行改造，数百户村民房屋被拆迁，占地 20 余万平方米，在东宅山脚下兴建了厦大学生公寓。曾厝垵东里小区位于境内，另设有滨海法庭、厦门水产集团等单位。

东宅社路边的并排两方石敢当

东宅老宅

西边社：港口旧址，海边跑马

　　西边社因地处曾厝垵村西边，得名，在今天珍珠湾一带，大约东起龙虎山路，西至珍珠湾花园、名仕御园，原村庄主要位于曾厝垵西路两侧。村庄大部分被征用，用于建设环岛南路、厦门软件园一期、曾厝垵西里小区、厦门大学海韵园等，旧村剩的几幢老宅，被改造成客栈，在仓里路与环岛南路之间。

　　在曾厝垵村所辖的自然村当中，只有曾厝垵社和西边社靠海，分界线大约在小白鹭艺术中心那里。今鲤鱼门食府处，原设西边码头，以前曾厝垵村民出海，要么由此上船，要么从曾厝垵社的圣妈宫码头上船。

　　西边社原住民主要姓郑、林，其中郑氏来自前埔的柯厝。村里有座鹭峰堂，据遗存石碑记载，始建于宋代，清道光三年（1823年）、1927年、1994年、2012年重修，拜保生大帝和妈祖、注生娘娘等。鹭峰堂位于豹子山下，山脚下兴建了豹子山公寓小区。

　　村中原有关刀石、"卵泡"（即睾丸）石，村民尊其为风水宝石，可惜在厦大海韵园建设过程中被粉碎。旧时西边海港的西侧，今珍珠湾花园所在地，原来建有跑马场，里面有座洁白的"美人楼"，也是一处风水宝地。

　　珍珠湾花园小区的门牌地址标为曾厝垵路而非环岛南路，这是因为旧时有条曾厝垵公路始于白石炮台，途经今科技中学和珍珠湾花园，一直通抵胡里山炮台，全长3.5公里，如今曾厝垵公路消失，仅留下该路门牌号。

珍珠湾花园海边的雕塑

胡里山社：大炮雄风，宫庙慈安

　　曾厝垵村海滨东起白石炮台所在的胡边山（高50米），西至胡里山炮台所在的胡里山（高25米），"两胡"守护，山不在高，有炮则名。白石炮台已不见踪迹，胡里山炮台雄风犹存，傲立海疆。

　　胡里山社地处胡里山上，西接厦大白城，在改革开放前，村民不到20户不足百人，如今，村社及其地名都已消失，只留存下来一座炮台和一间宫庙。

　　胡里山炮台遗址在曾厝垵2号，景区占地7万多平方米，核心区城堡占地1.2万平方米，城堡建设于1891至1896年间。城堡临海处为炮位区，设有东、西两个炮位，原来各装一门克虏伯大炮，现在仅存东炮位大炮。这门大炮由德国克虏伯兵工厂于1893年用纯钢

仅存的东炮位古炮

制造，炮长近 14 米，口径 0.28 米，系国内原址上遗留的最大古炮，是整个景区的"点睛之作"。

炮位区后面是兵营区，设东、西两座兵营，正中演武厅，系指挥、议事场所，建筑风格中西合璧。

胡里山景区的制高点为瞭望台，可远观东南方向的金门诸岛，可眺望西南方向的九龙江入海口，崖壁刻有《光绪朝朱批奏折》和丁一中手写诗。

胡里山城堡整体呈长方形，东、西、北三面垒砌条石墙，高 7 米，顶宽 2 米，墙上剁口共 155 个，城堡西门上题刻"天南锁钥"四个大字。城堡周边是石沟壕堑，深 2 米，宽 3 米。

慈安殿位于炮台东侧的环岛南路 272—1 号，始建于清光绪年间，最近于 2014 年重修，供奉上帝公。

南天锁钥城门

瞭望台

慈安殿

第 七 章
厦港渔村

　　厦港,是厦门港的简称。今日的厦门港,包括厦门海湾多个港区,如鹭江道港区、东渡港区、海天港区、五通港区、海沧港区、东海域港区等;而旧时的厦门港,主要指今厦港街道一带,因早年厦门港口设施多建设于此,所以厦门港往往指厦港街道,简称厦港。

　　厦港片区在新中国成立前设立为厦港区,1950年厦港区被撤,并入思明区,降格为街道。由此看出,厦港片区老早就有了城区建制,脱离了乡村。然而,这又是一个特殊城区,半城半乡,半工半渔,直到1979年末,片区内约35000人,渔民还占到22%,这里是疍民在厦门的唯一聚居点。

　　厦港渔民世代生活在沿海一带,即旧时的玉沙坡,今天的民族路、大学路沿线,而在辖内的思明南路沿线则基本建为城区,因而本书所写的厦港渔村内容主要聚焦于海滨地带。

20世纪70年代的厦港渔村（图片来源：《口述历史：厦门港记忆》鹭江出版社2014）

澳仔：演武水域，厦大西村

厦大西村介于思明南路与大学路之间，位于厦大西侧。它由3个片区组成，由北往南依次是顶澳仔、下澳仔、大桥头，顶澳仔与下澳仔之间相隔演武池。

澳仔是小港湾的意思，顶澳仔地势较高，靠山，下澳仔地势较低，临海。以前，两个澳仔皆为港湾的一部分，这港湾即为旧时的演武池，其实是一个小汉港，从演武场（今厦大校区）蜿蜒向西，通抵沙坡尾避风坞一带出海。当年郑成功在这片水域训练水师，命名为演武池，与陆地上的演武场相互配合，水陆并举，操练勇士。那时候的演武池水域面积数万平方米，现在只剩下几千平方米，在演武池遗迹之畔兴建了演武公园。

演武公园边上兴建了演武花园小区和演武小学新旧校区，均在澳仔地界内。演武场上原来建有演武亭，是郑成功操练、检阅部队的指挥台，在今厦大西门内侧，西门外是演武路，演武路与演武大桥相接，所有与"演武"关联的地名都源自郑成功这位英雄人物。

今演武池

顶澳仔猫街

　　顶澳仔新建了"猫街"文创区，据说在二三百年前，此处口岸就异常忙碌，地面上到处是晾晒的海鲜干货，爱吃鱼、爱偷腥的猫时常聚集于此。今在猫街上，没见到有什么猫，猫衍生出的各式文创品倒是琳琅满目，异彩纷呈，猫从实物演变成了创意。

　　顶澳仔、下澳仔隶属下沃社区，本地话中"澳""沃"两字经常混用，本应称下澳社区，不料将错就错，变成了下沃社区，常令外人摸不着头脑，搞不清是"澳"还是"沃"。鼓浪屿的内厝澳也时常被写成内厝沃。

　　大桥头位于下澳仔与大学路之间，旧时建有大桥。大桥头隶属沙坡尾社区，从这里往南跨过大学路就到了厦大医院，再往南走，便是健身人群喜爱的滨海步道，在步道之外的海面上，一桥紧贴碧波荡漾，这是全世界离海面最近的跨海大桥——演武大桥。

埔头：蜂巢山边，避风坞畔

从厦大西村往西是大埔头，闽南话中"埔"指山边平地，按字面理解，大埔就是山边的大块平地，只是为何叫作大埔头呢？加了个"头"，应指平地靠前的部位。大埔头位于蜂巢山南麓，此山高60米，因形如蜂巢而得名，蜂巢山之北有座后蜂巢山，两山以思明南路为界，南华路便是地处后蜂巢山，旧时建有赤岭水厂。

大埔头从大学路内侧往山上延展，埔实际变成了坡，上山石级路或水泥路，地形陡峭，上到顶部就是厦门理工学院思明校区（鹭江大学旧址）。在大埔头的半山腰坐落着会福宫和田头妈宫。

坐落于大埔头76号的会福宫，1920年始建，1983年重建，供奉着池府王爷、金府王爷。

田头妈宫位于大埔头78号，始建年代不详。庙里供奉的田头妈有三人，分别是大妈、二妈、三妈，此外还供奉着观音娘娘。

大埔头往西是中埔头，中埔头往西是小埔头，小埔头已到蜂巢山路一带，三个埔头均位于大学路内侧，隶属于沙坡尾社区。大埔头面积最大，中埔头次之，小埔头最小，三个埔头因此而得名。在这段大学路的外侧，旧时基本为沙坡尾避风坞和沙坡尾沙滩。

1994年中埔头和大埔头一带（曾少雄　摄）

玉沙坡：沙白如玉，环抱如带

今天沙坡尾为大家所熟知，沙坡头却少有人知，其实沙坡有头有尾。旧时，厦港海滩的沙子洁白如玉，享有美名"玉沙坡"，包括沙坡头和沙坡尾，沙坡头基本在今民族路外侧，沙坡尾在今大学路外侧，其分界在朝宗宫一带。

朝宗宫原址为旧龙王庙，祀风、雨、雷、电神及四海龙王，1912年建电厂时被拆。后来，朝宗宫从别处迁建于此，祭拜妈祖，今在庙宇前仿古制兴建接官亭牌坊。玉沙坡接官亭牌坊原由厦防同知蒋元枢建于乾隆三十九年（1774年），两面分别写有"盛世梯航""天南都会"。

明末清初，郑成功据守厦门之际，漳州龙海月港没落，厦门港随之兴起，九龙江沿岸的龙溪、海澄、漳浦等县渔民迁往厦门港，张、阮、欧、黄等四姓居多，他们以船为家，以渔为业，被称为疍民。与此同时，泉州惠安渔民也迁移而来，包括王、洪、郭、郑等姓，他们擅长网渔与造船。另外，潮汕沿海的闽南语系渔民苏、陈二姓，东南沿海渔民蔡、林二姓也迁入。这些渔民当中多为汉族，少数为回族、畲族，他们是厦港渔村的奠基者。

1727年，清廷确定厦门港与台南鹿耳门之间开展对渡，在接下来的近百年时间里，台湾的稻米从鹿耳门运

朝宗宫前面仿古建造的"盛世梯航天南都会"牌坊（正面）

抵厦港，大陆的人员、货物从玉沙坡驶往台湾。

清代中叶，兴建玉沙坡渔港，岸线长约 2000 米，水深十几米。清《鹭江志》载："玉沙，在厦港。环抱如带，长数百丈，上容百家，税馆在焉。风水淘汰，毫无所损，每商船出港，取数百石作重，终岁不竭，宇宙中异事也。"

在今民族路内侧如蛛网密布的街巷中，包括鱼行口街、市仔街、南打棕街、料船头街、配料馆巷等，足见当年渔业与港口之荣景。鱼行口街得名于当地几十家渔行一字排开，蔚为壮观。市仔街是集市贸易繁荣的商业街。南打棕街是制作船舶缆索的地方，配料馆巷、料船头街是以前配发、运送木料赴台的地方。

从明末清初直至 20 世纪 30 年代，玉沙坡渔业和贸易主要集中于沙坡头，到百年前，沙坡头海滩被填塞，沙坡尾才后来居上，取代了沙坡头的渔村龙头地位，成了厦港渔民捕捞作业的聚集地。

"盛世梯航天南都会"牌坊（背面）

避风坞：渔民上岸，文创转身

在大学路西段外侧兴建了沙坡尾避风坞。沙坡尾避风坞原本为演武池出海口，如今演武池大幅"缩水"，仅剩一个小池和一个避风坞，两处水域之间被陆地所分隔。

早年，沙坡尾避风坞是临岸小水道，三面皆为沙滩，利于小船避风。1858年，美国人在避风坞沿岸创办了厦门船坞公司，开展修船、造船、租船、拖船等业务。同年，今开元路的夹舨寮也兴建造船厂。1892年，厦门船坞公司改由德记、和记、太古三家洋行合资经营，更名为厦门新船坞公司，随后兴办了冶炼厂、锅炉房、铁工厂、机器厂等15家附属工厂。

1994年的沙坡尾避风坞（曾少雄　摄）

1933年，沙坡尾筑岸填土，建避风坞、驳岸码头、交易市场。1951年，在驳岸码头东南侧扩建水产品交易场，面积1800平方米。1958年，坞外建筑防沙堤，1969年，避风坞四周改建石块驳岸，驳岸外侧建设环坞步道。

1959年，沙坡尾6个渔

旧时的沙坡尾驳岸码头（图片来源：《口述历史：厦门港记忆》鹭江出版社2014）

业高级社和远洋渔业合作社组建成厦门市海洋渔捞公社，办公点设于避风坞出海口。渔捞公社实行灯光围网捕鱼技术，当时在全市得到推广，渔捞公社后来改制成为厦门市第二海洋渔

沙坡尾避风坞新貌

业公司。1982 年，沙坡尾设置台轮停泊点，开展对台小额贸易。

1989 年，驳岸码头内侧兴建 2500 平方米的交易场，并在附近建设了渔业配套的水产造船厂、水产冷冻厂、水产加工厂、海洋仪器厂等。从 20 世纪 90 年代起，避风坞渔业渐趋没落，特别在 2003 年演武大桥建成通车后，大渔船无法驶入避风坞，渔业转型，形势使然。2015 年，厦港渔民全部退渔上岸，厦港渔村从此画上了句号。

沙坡尾避风坞周边的造船厂、

厦门海洋渔业公司股票正面（图片来源：《口述历史：厦门港记忆》鹭江出版社 2014 ）

水产加工厂、鱼肝油厂、冷冻厂等老旧厂房，现今已华丽转身，转型为艺术西区、吃堡等场所，起吊机斜坡成了滑板场，冷冻库成了演奏空间，机器平台成了演讲台，创意酒吧、手作集市、咖啡小店等，文艺气息无处不在。

艺术西区

艺术西区里的手作集市

傍海毓秀

　　筼筜湖原为一个海港，从西堤外海一直伸向湖里江头，"江头"为本地话"港头"谐音，意思是海港在此到头了。所以有观点认为，"筼筜"其实是"弯东"的谐音，指海港一路向东弯去，"弯东"一词稍显直白，便取名同音的"筼筜"。

　　筼筜是一种竹子，竹节修长，玉竹临风，故以此形容海港。清朝筼筜港长十五六里，宽四里多，"一弯如带"到江头。那时候的思北浮屿确实是浮在海面上，涨潮时被淹，退潮时浮起。民国《厦门市志》记筼筜港："长约五公里许，阔两公里有奇。"

　　有诗赞叹道："最爱筼筜夜气幽，渔灯无数浸中流。莹莹万点连宵汉，错认明星水面浮。"在波光粼粼的水面上漂浮着盏盏渔家灯火，真是极致的浪漫！"筼筜渔火"是从前的一大胜景。

　　新中国成立初期，沿厦禾公路往东前行，出了美仁宫便是农村，经文灶、梧村、抵莲坂，这些村落坐落于筼筜港岸。1971年，西堤海堤（也称筼筜海堤）建成，长1.7公里，自此筼筜港变筼筜湖，如今筼筜湖面积已不到2平方公里。

　　原先海港的水域滩涂变身为湖区的新填地居住区，1981年兴建筼筜新区，面积14平方公里，北临湖里区，南至湖滨南路，东起西堤，西抵嘉禾路（时称福厦公路）。这片新区内，兴建了湖滨一里至六里、槟榔小区、松柏小区、仙阁里、体育新村、振兴新村等居民区，以及白鹭洲公园、仙岳山公园、狐尾山公园等园区。

　　当我们回眸以前的老村庄梧村、莲坂时，会发现这里的人文积淀相当深厚，英才辈出，可谓"储精毓秀，几年一个人杰"，当为思明区的文脉源头。

第八章
梧　村

梧村在哪儿？一般人首先会想到厦门火车站，以前梧村长途汽车站也是路人皆知，只是如今坐长途汽车的人少了，梧村汽车站名声也随之大不如前。

梧村街道的范围大致为从文灶到莲坂的厦禾路两侧区域，在这个黄金地段，坐拥世贸商城、罗宾森广场、万象城、富山商城等商场，所谓商业繁华地，聚财富贵乡。

火车站往北伸展出湖滨东路，与湖滨南路相交，湖东路中段与禾祥东西路十字相交，旧时，禾祥路一带是溪水流经之地。湖东路位于湖的东部，湖滨东路、湖滨西路、湖滨中路、湖滨南路、湖滨北路，都是根据其所处筼筜湖的区位而命名，均为筼筜港变为筼筜湖之后才修建的道路。

新中国成立初期，梧村曾设乡，后设开元农场，1978 年改为梧村街道办，当时辖区内有 11500 余人，其中农业人口近千人，散居于梧村社、文灶社、双涵社、浦南社、西山社。西山社现隶属开元街道，不归梧村，本文不予阐述。

鹰厦铁路的终点在梧村，1957 年春，梧村开出了第一辆火车，从此，厦门这个孤悬海中的小岛与内陆紧紧牵连在一起。沧海桑田，人事变幻，当年的碧波荡漾处已成流金溢彩地，当年的溪水淙淙流，已换人车如潮涌。

1993年厦门火车站斜对面的梧村（曾少雄 摄）

梧村社：吴姓聚居，交通枢纽

梧村社在厦门火车站及其周边区域，旧时的老村庄南临梧村山、金榜山，地址在厦禾路与湖滨东路交叉处，包含顶社（上社）与下社两部分，沿厦禾路南边为顶社，多住外地迁入人氏，沿路北边为下社，吴氏大多居住于此。下社有条梧村街通向厦禾路，街面条石铺筑，长180米，宽1.5米，原位于今罗宾森广场一带，街中段原有一座"三省巡按"的石牌坊，1998年被拆。

20世纪八九十年代，厦禾路改造拆迁，梧村社被拆，居民被分散迁至多地。

1957年初，厦门火车站正式启用。1980年，厦门火车站改建，主楼建筑面积为8500平方米。2016年，火车站再次改扩建完成，建筑面积达到2万多平方米，新建了南站房和南广场。

梧村社是岛内重要的交通枢纽，以火车站和长途汽车站为中心，向周边辐射形成了交通运输产业基地，旧时配套兴建了运输机

梧村境内废弃不用的货运老铁路

械厂、齿轮厂、汽车运输公司、汽车配件公司、外贸汽车运输队等。

显著的交通枢纽优势使梧村社成为人财物超级集散地，2002年世贸商城开业，近些年的华润万象城开张，引领着全市商业的新潮流。梧村社内除了老的梧村社区、金榜山社区，部分区域隶属新设立的金祥社区和东坪社区。

地名演变

梧村最早由董内（住董氏）等五个小村组成，所以境内的金亭山又称董内岩。宋末元初，吴璘、吴玠的后裔吴漾，从河南固始县根英村迁居至莆田南门外，元代至正元年（1341年）再移居嘉禾屿凤林（今莲坂埭头）。吴漾，字亨远，经商为业，被尊为梧村吴氏开基祖。他生有五子：长子泮诚，随父居埭头；次子泮广，分居穆厝、西潘、蔡坑（史

称"三乡吴");三子泮永、四子泮临,皆居梧村;五子泮苊,居金榜山后无传。金榜山今亦属于梧村。由此可见,泮永、泮临和泮苊三人都在梧村开基创业,实为梧村的吴氏创业第一代,这里自此开始称吴村。明正统年间,吴氏族人开始移居凤屿,填滩造田,拓宽了吴村地界。

清代,吴村被称为吴仓。当时吴村村民纷纷奔赴南洋,发家致富后返乡,整个村庄很快富裕起来,几乎家家户户都建仓库、储粮食,遇上荒年歉收,厦门禾山各地的村民都会前来借钱借粮,时人便称吴村为吴仓,在他们眼中,吴村就是一个永远不缺粮食的大仓库。

1938 年,吴村改名为悟村,抗战胜利后,悟村又改为梧村。

金榜山中

梧村社位于金榜山东北麓,金榜山不算高,海拔仅 50 米出头,却是思明区最具历史人文底蕴的山。中原汉人开发厦门岛的陈氏族人,便开基于金榜山麓。

唐开元年间,陈邕率族人从漳州迁居金榜山下。唐天宝十四年(755 年),陈僖率家族300 余人从福清迁至金榜山。之后,漳州南院"南陈"太傅派和漳州"北庙"圣王派的陈姓族人相继迁居至金榜山一带。

由此可见,金榜山早已成为陈氏族人的大本营。在早期陈氏先人之中,名士陈黯晚年便隐居于金榜山中,更使金榜山名气飙涨。

陈黯父亲是陈元通,曾祖父是陈僖。陈黯字希儒,少负奇才,可就是与金榜无缘,科考 18 次皆名落孙山,对仕途心灰意冷后,隐居金榜山中,著书立说,临风抚琴,自称"场老",金榜山因而也被称为场老山。

金榜山山上耸立着高 16 丈的巨石,形如玉笏,称玉笏石。笏是一种长条状竹板,古代文武百官身穿朝服,手持笏板,向皇帝汇报工作并聆听指示。巨石刻有摩崖大字"海滨邹鲁"。

象征金榜题名的金榜山,象征权力与荣耀的玉笏石,合为"金榜玉笏"胜景。然而,就是这位一生与金榜、权力无缘的陈黯,择此地终老,不知心中作

玉笏石

何感想？这位处江湖之远的一介布衣，几乎成为金榜山的"形象代言人"。

山中藏一石穴，为陈黯读书处。朱熹曾登临此处，手书"钓隐"二字，并题七律一首，开头两句为："陈场老子读书处，金榜山前石室中。"

金榜山的东南面依次有面前山、金亭山、梧村山等，这些山峰一同组建为金榜公园。梧村山旧称向天西山，海拔209米，在火车站南广场正对面。金亭山又名董内岩，海拔89米，山中坐落着宝山岩寺，寺旁有泉，名为"圣泉"，相传逃难至此的宋幼主赵昺尝掬饮之。宝山岩寺今称紫竹林寺，今住比丘尼，寺内有白云洞。

石室为陈黯读书处

陈黯石像

陈化成墓

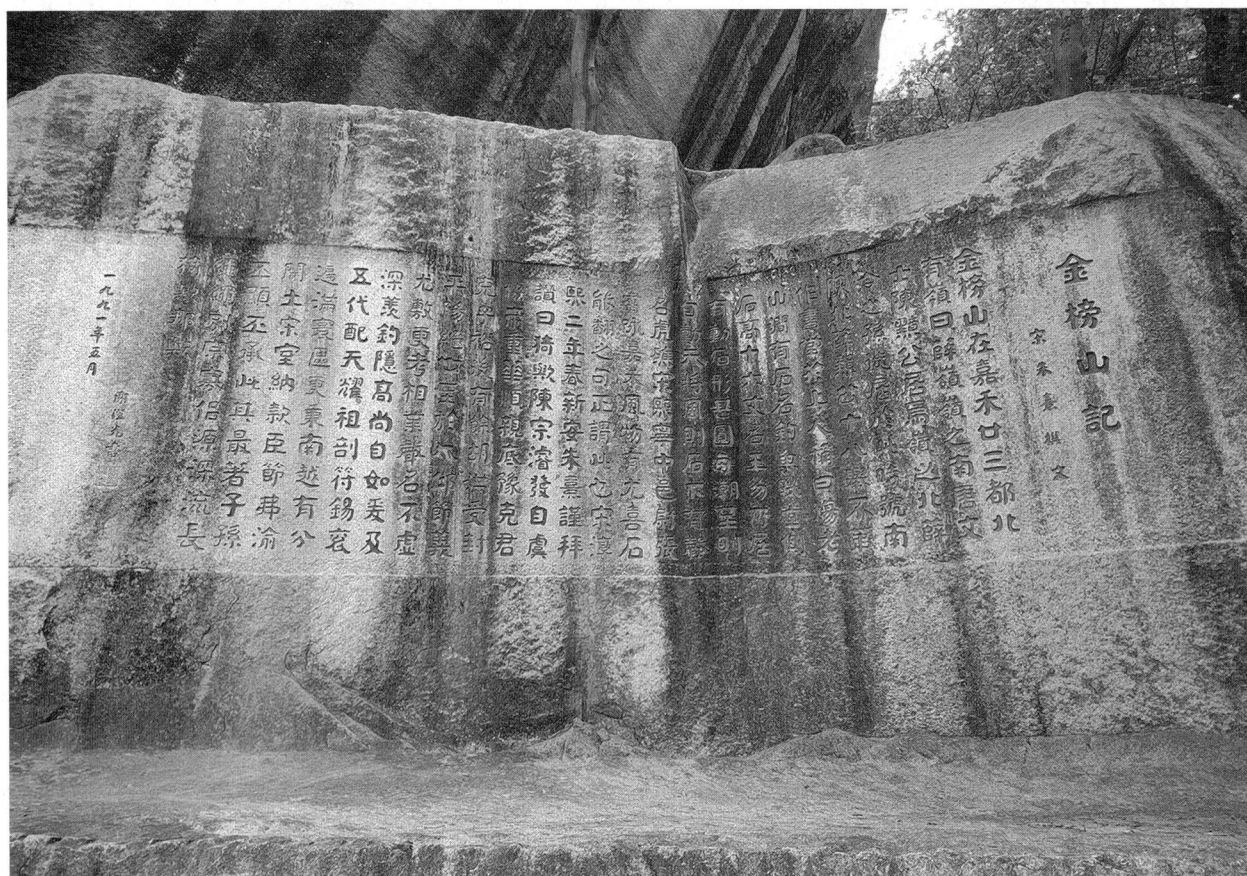

《金榜山记》石刻

陈化成墓

金榜山东麓坐落着陈化成墓，墓的西侧建金榜路。民族英雄陈化成，同安人，鸦片战争爆发后，身为江南提督的他坚守上海吴淞炮台，誓死守卫，壮烈牺牲。

陈化成的灵柩被葬于金榜山东麓。坟墓背靠山体，坐西朝东，呈凤字形，墓前神道上原来有石翁仲、石兽、石牌坊、神道碑等，民国时期修建厦禾公路，神道遭毁，旧物仅剩莲花望柱一对、石狮华表、墓埕。后来，坟墓前添置陈化成半身雕像一尊。

陈化成半身塑像

文灶社：旧称麻灶，多住黄姓

新中国成立以前，思明辖区仍有 4 条小溪，分别是东大沟、文灶溪、后埭溪、双涵溪，除东大沟在厦大那里之外，其余 3 条均在梧村境内。双涵溪流经双涵社出海，文灶溪、后埭溪流经文灶社出海。

文灶溪源于御屏山和西姑北山，经过文灶加油站附近。后埭溪源于御屏山和东坪山，全长约 4 公里，经过金榜山西麓。后埭溪路沿溪兴建，南与铁路相交，为早期梧村社和文灶社的分界线。该路今往北延伸到湖滨南路，早期这段路的沿线基本为郊外乡野，少有人家。

昔日，文灶社在厦禾路南侧，而在厦禾路以北，湖滨中路两侧，则为小文灶社，又称文灶小社。小文灶社西邻今开元街道塔厝社，塔厝社由村中一座大厝内建有的小塔而得名。

文灶社的边界有万寿山，上山建有万寿路，路随山势起伏。万寿山又名团仔山，高 58 米，有"万寿松声"景致，松林茂密，清风拂过，声如涛涌。山上摩崖石刻有 3 首七言律诗，诗作者据传是抗倭名将俞大猷、戚继光等，故称"俞戚诗壁"。

1993年的文灶社口（曾少雄　摄）

文气十足

文灶原住民多姓黄。清代，东孚云尾村埭头社黄景善迁居于此，他分衍五房，居住于文灶及其周边地带。

文灶旧称麻灶，指榨麻油的灶头，当时村中广泛种植麻类植物，用于榨取麻油，作坊遍布。村里之前风气不好，小偷流氓不少，本地话称之为"鲈鳗"，方言"鳗"音与"麻"音相同，"麻灶"容易使人联想到"鳗灶"，为了避嫌和去掉"土味"，村民把麻灶雅称为文

文灶社老居民区

灶。即使文字改了，但是乡音难改，至今当地人仍习惯照旧念"麻灶"。这种改字不改音的做法是为代用字，新字旧音，该现象在本地时有出现。

改名文灶之后，许多地名也随之"文雅"起来。文园路从文灶到烈士陵园，汇文路取自文灶与汇成商业中心，文塔路从文灶到塔厝。境内的最长道路文屏路，从文灶到御屏山，南与龙虎山路相接。文灶街介于文屏路与后埭溪路之间。

商业荣光

湖滨中路把筼筜湖划为内湖与外湖两大水域，该路与湖滨南路交叉口的西南角有湖滨饭店（旧称湖滨旅社）大厦，1980 年建成，是厦门鸟第一幢 10 层以上的楼房，享有"厦门第一高楼"的美名多年。

湖滨中路也把禾祥路分为东路与西路两段，20 世纪 80 年代初，在湖滨中路与禾祥路交叉口的东南角，兴建厦门卷烟厂厂房，后来烟厂搬迁，现今新建禾祥鑫天地商务区。

湖滨中路与厦禾路交叉口的东北角，1989 年建成了汇成商业中心，由东、西两幢高楼及其裙楼组成，一时成为文灶的标志性建筑。在汇成大厦对面的厦禾路，后来矗立起更加壮观的帝豪大厦，文灶商圈声名鹊起。

厦禾路与湖滨中路、文园路、文屏路几乎在同一处交会，此为文灶商业核心区域。位于文屏路东侧的一处老旧厂房改造成嘉禾良库文创园，占地 2 万多平方米，时尚不忘怀旧，简约不失精致，宛如一件超大的装饰艺术品。

改造成文创园的嘉禾良库

双涵社：溪过双洞，财汇富山

双涵社在梧村社之东，早期两地以双涵溪为界。双涵溪与后埭溪在凤屿附近汇合，向北注入箍筜海港。凤屿原为箍筜港的一个小岛屿，位于湖滨南路以北，早年因设有监狱而闻名。今双涵社北界为湖滨南路，南界、西界均为厦禾路，因为厦禾路在双涵社内渐由东西走向变为南北走向，所以该路既是南界也是西界。

双涵社原位于厦禾路与双涵路交叉处，双涵路为旧时双涵溪填地修建。双涵溪源于东坪山和观音山，长约5公里，原名陶溪，陶溪桥下有两个涵孔（在今厦禾路与双涵路交界处），溪水流经两个涵洞，所以又称双涵溪。今双涵路介于厦禾路与凤屿路之间。

1912年，禾山薛厝华侨黄瑞坤创办禾山甲等商业学校，1923年学校迁入双涵社内，次年改名为禾山中学，1930年迁出，后来分衍出厦门三中、禾山中学。1948年，省立高级工

1991年双涵（曾少雄 摄）

业学校迁入双涵社。1951年，省立厦门师范学校迁入。小小的双涵社，一时间成为岛内的文教重地。

20世纪80年代，厦禾路与湖滨南路交叉口的西南角，兴建了富山展览城，1989年首次举办"九·八"投洽会，自此拉开了富山商圈序幕。2001年，富山诚达百货开业，大批超市进驻，富山商圈快速壮大。

如今，双涵社已无老村庄，主要单位有思明区法院，标志性建筑有国贸大厦，居民小区有双涵佳园、裕康花园等。

双涵路

厦门国贸大厦

浦南社：三地合并，园区升级

双涵社和浦南社以厦禾路为界，两地一度合成双浦居委会，今分别设立双涵社区和浦南社区。浦南社由旧时的浦南、坂尾、官都等3个小村合并而成，西到厦禾路，东到东浦路，北到莲前西路，南望坂尾山和大厝山。

在浦南社与梧村社之间相隔着东坪社区。东坪社区位于东坪山路两旁，该路始于东坪山，蜿蜒而下直至厦禾路。东坪山路和浦南社之间的主要道路为东浦路，从两地各取一字为名。

浦南社的主干道除了东浦路，还有坂尾路。应殿（旧称坂尾庙）坐落于坂尾路上，祭池府王爷，始建于1920年，近年重建。

在莲前西路的南侧，保留了浦南社老村庄，环绕村庄外侧，兴建了阳光百合、交警大楼、莲富大厦、聚泰商业城、京华大厦等建筑。旧村庄的石板路光洁平整，颇有年代感，路旁老宅旧物散布。内设沿路菜市场，小摊贩小买卖，吆喝声充耳，烟火气缭绕，难以想象，

浦南社的石头老屋

繁华时尚的火车站和莲坂近在咫尺，这里的时间缓慢地流淌着，没有步履匆忙，没有一日千里。老村庄的莲前西路口，设有浦南食品批发交易市场。在老村庄与东浦路之间，早期兴建了浦南新村小区。

浦指水边平地，按字面理解，浦南应该指水边平地之南。这个水边平地可能指莲坂，即莲溪边上的一块平缓坡地，浦南位于莲坂之南，浦南这个地名是否因此而得？再说坂尾之名，所指可是"莲坂之尾"的意思？

早期浦南社兴建瓷厂、造纸厂和医疗器械厂等，还配套建设了瓷厂宿舍，该宿舍楼址在邻近的双涵社内。近些年，兴建了浦南工业区和"云顶创谷"创客空间，如今，老工业区焕然一新，新建"融园·浦南壹里"园区，突出"万物互联"主题。

旧巷旁随处摆放的老物件

1996年浦南（曾少雄 摄）

第九章
莲坂村

　　梧村与莲坂村之间以莲前西路、湖滨南路为分界线。莲坂自古便为交通要道。古时候，厦门出岛有两条官道，一条往东经五通到刘五店，一条往北经高崎到集美，莲坂是北道的必经之地。1926年至1928年，修建了从莲坂到厦大的公路，路经金鸡亭、洪山柄、前埔、黄厝、曾厝垵等，全长19公里。

　　厦禾路与嘉禾路分界点在莲坂大转盘，早期厦门岛内有多个十字路口大转盘，后被一一拆除，莲坂大转盘有幸得以留存下来。莲坂转盘以北的区域习惯被认为是本岛北部，转盘以东被视为本岛东部，该转盘具有一定的地理指标意义。往东延伸出莲前西路、东路，隔海直指翔安；往北铺展出嘉禾路，旧属福厦公路，跨海接通集美。

　　莲坂大转盘周边，国贸大厦、外图大厦、新景数码城、莲富大厦、明发商业广场等地标建筑峙立，建于转盘北面的莲坂天桥，是全市首座人行天桥。天桥东侧的莲坂小商品批发市场，曾是全市最繁荣的小商品批发市场，有着"小义乌"之称，纵横交织的小巷，摩肩接踵的人潮，琳琅满目的货物，此起彼伏的吆喝，活力无限，商机无限。

　　长期以来，莲坂位列厦门岛第四大村落，俗话说"一殿前二何厝三钟宅四莲坂"。新中国成立初期，莲坂隶属江头乡。1958年成立莲坂生产大队，1984年改莲坂村委会，下辖莲坂社、埭头社，1987年划入莲前街道。2000年，莲坂归入嘉莲街道。莲坂老村庄集中在嘉禾路两侧，2002年3月，莲坂旧村改造启动，拆迁占地近40万平方米，拆迁居民1500户。2007年明发商业广场开业，占地16万平方米，周边兴建了侨星大厦、农行大厦，以及玉荷里、映碧里、盈翠里等小区，今主要隶属盈翠社区。

　　今嘉莲街道除了原来的莲坂村，主要还包括后来开发的筼筜东区和龙山文创区。筼筜东区主要指莲花一村至五村，新设了盈翠、莲秀、莲花北等社区。龙山文创区的前身为龙山工业区，新设了龙山、华福等社区。

2007年刚建成的明发商业广场（图片来源：洪卜仁主编《厦门旧影新光》）

莲坂社：莲溪之畔，叶氏开枝

　　莲坂村下属的莲坂社与埭头社，以嘉禾路为分界线，东侧为莲坂社，西侧为埭头社。莲坂社老村庄范围大约北到莲花北路一带，与旧时的乌林社相邻，南隔莲前西路与浦南社相对，东到鹰厦铁路沿线，铁路线再往东，便是绵延的龙山了。

1995年的莲花龙山（曾少雄　摄）

刘坂改莲坂

　　今嘉禾路164号，在嘉莲大厦与嘉益大厦之间，坐落着叶十三郎之墓，墓园门口题"莲溪堂颐园"，墓园围墙由仿古砖砌成。墓主叶十三郎即叶颐，被尊为莲坂叶氏开基始祖。

　　莲坂起初叫刘坂，南宋时就有刘姓族人到此开垦，因为地势由东北向西南稍稍倾斜，形成一片缓坡，被称之为"坂"，故名刘坂。坂，常指平缓坡地，赵子龙大显神威的当阳长坂坡便是一处长而平缓的山坡地。

南宋高宗绍兴年间，金兵南犯，叶文炳举家从河北河间南迁至漳州龙溪县，叶文炳（号五郎）生有三子叶颜（号十二郎）、叶颐（号十三郎）、叶颙（号十四郎）。1163 年，叶颐率族从同安县莲花乡迁至刘坂，后来，叶颐长子叶元潾葬于黄厝茂后社一个巨岩下，上书"宋十五郎叶公墓"。

刘坂有莲溪流入，莲溪源于云顶岩，从刘坂汇入筼筜港，叶氏族人便以"莲溪"为家庙堂号，并把刘坂改称莲坂。可时至今日，当地人仍常称莲坂为刘坂，改字不改音，正如文灶取代麻灶一样，是为代用字，地名音不变。

莲坂社叶氏后人尊叶文炳为始祖，尊叶颐为开基祖，叶元潾创建"莲溪堂号"家庙，叶氏族人历经八九百年，由此开枝散叶到岛内的埭头、屿后、西郭、仙岳、前坑、后坑等多地。莲坂叶氏家庙位于今埭头社内。

族人多才俊

莲坂叶氏多才俊，科考金榜常题名。该地共有 4 人考中进士，即文科进士叶普亮、叶翼云、叶大年，武科进士叶宏正。叶普亮，明朝人，担任过南京清军御史、北京巡城御史、河南道监察御史等职。辞官归乡之后，游云顶岩，在山上留云洞题下"两阶有苔三春湿，半岭松风六月寒"的诗句。五十而卒，葬于湖里乌石浦陈盏山。

叶翼云系明崇祯年间进士，曾任江苏吴江县令，并在礼部、吏部任职，后来任职于南明王朝。郑成功驻厦期间，他出任同安县令。顺治五年（1648 年），清军攻打同安，他与弟弟叶翼俊坚守城池，全家殉难，清廷谥其"烈愍"名号。

叶大年系清末进士，他位列进士探花，是厦门史上科举考试获得最高荣誉者。字廉卿，号梅珊。其诗文清超拔俗，1891 年中举，翌年中进士，授翰林院庶吉士，随即改任编修。他为人清正，多次赴京候职，皆怅然而返，曾返乡于禾山书院讲课。后人辑有《太史叶大年梅珊公诗稿》。

辛亥革命推翻清朝统治后，大大激发了海外华侨返乡办学热情，其中就有莲坂籍华侨叶添寿和叶永黎，他们于 1916 年创办奎璧小学。

水厂电厂药厂

在铁路线边上，1956 年建成了莲坂水厂，两年后供水，日供水 5 万吨，水源来自后溪坂头水库。1979 年水厂扩建，新建蓄水池，1996 年改扩建并进行技术更新，日供水能力增加 5 万吨。在莲坂水厂旧址上，今建起了厦门水务集团大厦。

20 世纪 50 年代，莲坂还建有电厂，在今莲岳路边上。在电厂旧址一带，兴建了电业花园、东方明珠广场等小区，修建了常明路、湖明路、东明路等，从这些地名与路名都可以看出电厂留下来的"光明"影子。

在莲坂社的北面，与乌林社交界处，曾建有厦门中药厂，在今盈翠西路一带。20 世

60 年代，正和、怀德居药铺和高峰药房合并，组建厦门中药厂，生产"鼎炉牌"海珠喘息定片、新癀片，以及六味地黄丸、八宝丹等，驰名海内外。

龙山及土地庙

龙山位于莲坂社的东面，海拔 98 米，东面与东芳山相邻，两山分界线大约为金尚路。莲前西路在卧龙晓城地段时，明显上坡，其为龙山旧迹。卧龙晓城、卧龙山庄、龙山居以及新建的君悦山小区，皆背靠龙山，小区后面有小路上山，山路边有块石头犹存"龙山胜境"旧石刻。在莲前西路与这些小区中间有条卧龙路，在卧龙路与莲前西路之

"龙山胜境"旧刻

卧龙土地庙的石兽

卧龙土地庙

间有条卧龙西路，就在莲前移动公司旁侧。

　　在卧龙西路上，今址莲前西路 261 号之一，坐落着卧龙土地庙，旧称沈山土地庙。明朝始建庙宇，后来几度兴毁，2014 年重建三进庙宇，主殿主祀土地公，配祀文昌帝君、月老、关帝公、太岁爷等，后殿是佛殿，供奉佛祖、菩萨、罗汉等。庙内存有"福神"石刻一件、石兽两只等遗迹。

　　龙山主体已夷为平地，仅存一点残体位于卧龙晓城与禹洲花园之间，依然峭壁森然，山下大坑荒草萋萋。被夷平之地，先是建成了龙山工业区，今改造为龙山文创园，莲花六村是配合龙山工业区内成功大道嘉莲段拆迁而建的安置小区。

庙里的"福神"古石刻

埭头社：石塔航标，三庙合一

莲坂社的嘉禾路对面为埭头社，该社介于湖滨南路与湖滨北路之间，西界湖明路，再往西便是后建的槟榔新村。本地话中的埭，指海边围海水面。早期从这儿修建了通往屿后社的土坝海堤，此地位于海埭之头，故称埭头。

相比莲坂社，埭头社的人口少得多，1978年末仅40余户200多人，莲坂社却约有350户1600余人。

莲坂村拆迁改造后，埭头社驶入发展快车道，新建了厦门外图书城、新景数码港、磐基中心等大楼，以及莲坂新村、新景世纪城、富山名士园等小区，设有市工商联、市城管执法支队、嘉莲派出所、嘉莲司法所等单位，建有莲兴路、莲景路及其多条支路。埭头社今设莲兴社区。

1987年筼筜湖（曾少雄 摄）

埭头石塔

埭头石塔

　　埭头社保留下来的最老建筑应是湖明路中段的一座石塔。该塔位于今18号排洪沟岸上，在湖明路与莲景二路交叉口，石塔饱经风雨，古朴沧桑，静默伫立，在周边高大建筑的衬托下显得十分矮小，毫不起眼。

　　可是谁能想象，它曾经是筼筜海港中的航标塔，海面上船来船往，入夜时渔火点点，航标塔犹如不知疲倦的值班人员,有条不紊地指挥着穿梭船只。石塔建于明末,由长条石砌筑,高约 7 米,为葫芦状塔刹。全塔含底座共七层,下面四层为四方形,第五层为瓜棱形,第六层为八角形,第七层又是四方形,各层均有出檐,塔身自下而上依次缩小。

石塔因处在凤屿尾部,故称凤尾塔,今习惯叫埭头石塔。自 20 世纪 70 年代西堤建成以后,海港变为内湖,水域大幅萎缩,石塔所在地成为陆地,兴修了排洪沟。排洪沟的东侧,2005 年兴建了莲坂新村安置小区。

埭头慈济宫

埭头慈济宫坐落于莲坂新村内,建筑宏大气派,除了庙宇、戏台、金炉等"标配"之外,还建造了规模不小的碑亭。该庙由龙海白礁慈济宫分出,祭拜保生大帝、妈祖、元帅爷等。

旧时庙宇面对海湾,便在左右两侧各建一座石塔,镇海戍边,好不威风!

埭头慈济宫

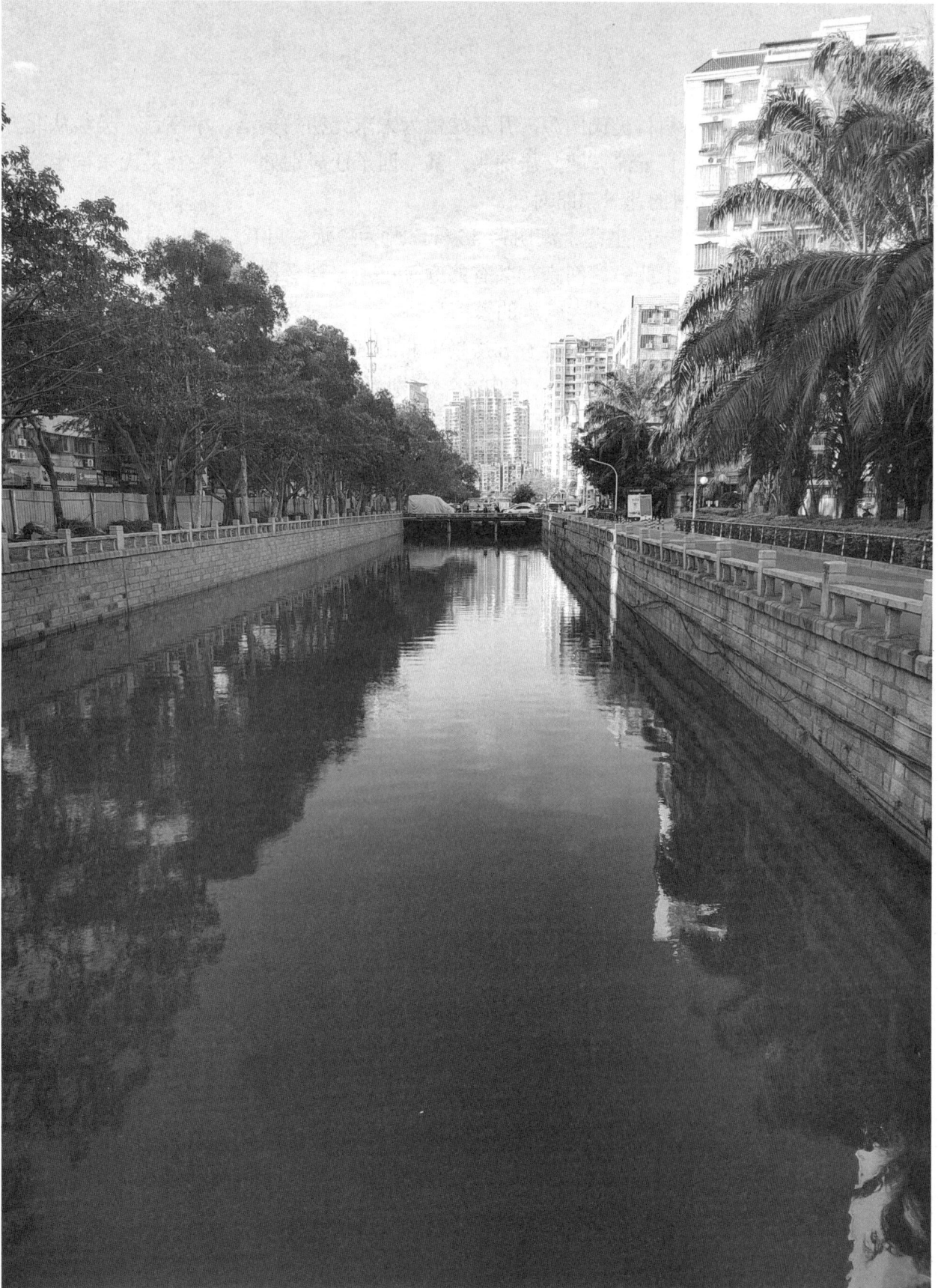

18号排洪沟原址为篦笪海港

宗祠家庙

埭头的吴姓原住民与梧村吴氏同源，开基始祖为宋末元初的吴漾，字亨远，吴漾从北方迁居于此，他生有五子，长子泮诚随父居埭头，其余四子迁居别处。埭头社吴氏宗祠坐落于今湖明路 48 号，莲坂新村的莲景二路对面。

叶氏家庙与吴氏宗祠一同坐落于湖明路 48 号，此为莲坂社叶氏宗祠，原地处莲坂社，莲坂旧村拆迁改造后迁建于此。两间宗祠共有的庭院里，一株老榕树被称为"榕树王"，老枝发新叶，生生不息，象征了这两大家族的繁荣昌盛。

在吴氏宗祠与叶氏家庙中间，坐落着五岳兴莲北山宫，名称特别长，其实它是三家庙宇的合体。莲坂社原有五岳宫、兴莲宫、北山宫，分别祭祀康济明王、元帅爷、北山王，抗战期间，五岳宫、北山宫毁于日军战火，1959 年兴莲宫遭特大台风吹毁。1982 年，在兴莲宫旧址将三宫合建一庙，取名五岳兴莲北山宫，1997 年至 1998 年翻建，在旧村拆迁中又被拆，今庙于 2005 年择新址重建，2007 年落成安宫。

清代的五岳宫兴莲宫重建碑记

第十章
西郭村

　　西郭村地处筼筜筼筜湖北岸，居思明区北端。在西郭村与湖里区交界处，自西向东依次为仙岳山、仙洞山、松柏山。仙岳山原称屿迁尾山，海拔213米，仙洞山海拔141.5米，两山分别建设仙岳隧洞、莲岳隧洞，连通思明区与湖里区。松柏山海拔97米，因遍布松柏树而得名，松柏小区、松柏小学、松柏中学、松柏湖皆因松柏山而命名。

　　西郭村东面、北面均邻湖里区，南临筼筜湖。1983年，西郭由生产大队改为村委会，下辖西郭社、屿后社、仙岳社、佘厝社，加上筼筜湖区的新填地，组建成筼筜街道。

1990年的西郭村（曾少雄 摄）

屿后社：松柏湖边，古树之王

屿后社在仙岳路南侧，松柏路北侧，西界屿后路，东界西浦路。西浦路因在乌石浦西面而得名。仙岳路经过仙岳社，松柏路经过松柏小区，屿后路经过屿后社，这三条路皆以途经之地取名。

屿后路与西浦路之间有条屿浦路，东西走向，横贯屿后，路北为屿后北里，路南为屿后南里。北里靠山，地势高；南里临湖，地势低。此湖为松柏湖，早期为筼筜海港的一部分，湖区兴建了松柏公园，邻近建有松柏小区。

早期的筼筜港，西堤把它变成内湖，湖滨中路、湖滨东路、嘉禾路等又把它分割为筼筜外湖、筼筜内湖、松柏湖、江头公园水域等湖区。

松柏湖

　　屿后南路东西横贯屿后南里，沿路建有市社会福利中心、京闽中心酒店、松柏农产市场、松柏公寓等。

　　屿浦北路东西横贯屿后北里，沿路坐落着叶氏家庙、福瑞宫。屿后叶氏系出莲坂，亦尊叶文炳为始祖。与叶氏家庙相邻的福瑞宫，始建于明末清初，祭清水祖师和土地公，2021年重建。

　　屿后北里的原住民除了叶氏，还有江氏，其开基祖为江仕俏，江氏祖庙现设于屿后北里250号，1999年重建，门联上写道：淮水分流衍屿后，厦江聚秀耀岱山。由此可知，此地江氏从淮水流域迁播而来。江氏祖庙旁，一株榕树将近470岁，树干虬曲，枝叶稀疏，为思明区现存最古老的树，是当之无愧的"古树王"。

屿后北里的"古树王"

　　1960年，从屿后到埭头修筑海堤，长千余米，使大片海域成为陆地，新填地始种农作。屿后社今设为屿后社区，南面有松柏社区，事实上，这两个社区时常被统称为松柏，西邻莲岳里小区。

西郭社：仙洞山下，迎祥宫前

西郭地名，不知从何而来。"青山横北郭，白水绕东城""绿树村边合，青山郭外斜"，古诗中常出现的"郭"字，指外城墙，郭外为野，郭内住普通百姓，城内住有地位的人物。若是王城，城内还有宫，宫内住身份尊贵的人家。

西郭社原住民姓叶，也是莲坂叶氏"莲溪堂"的分支。西郭叶氏祖庙在今仙源里13—2号，位于仙洞山下，门联写道：莲年益寿子孙兴旺才贤人，溪水长流五谷丰登万年春。很明显，其系出"莲溪堂"。祖庙于1995年重建，门口还放置一个长条石，上刻"叶氏家庙"字样，为清代遗迹。

清代遗迹"叶氏家庙"条石

西郭新村

叶氏祖庙前面坐落着迎祥宫，主祀王祖公，始建于清代。1997年西郭新村建成时扩建了迎祥宫，并供奉注生娘娘和城隍爷等。庙门题刻一副对联：王祖保境安民广法朝青龙，哪吒威灵腾云驾雾显神通。宫庙侧前方一株老榕树参天蔽日，距今已有四百多年历史，据说比迎祥宫还要早。

叶氏祖庙与迎祥宫均坐落在西郭新村里面。西郭社在1995年拆迁后兴建了仙源里、仙阁里小区。因为地处仙洞山南麓，所以安置小区西郭新村地名称作仙源里，仙阁里则是从仙洞山与西郭两地名中各取一字，得名仙郭，谐音雅称仙阁，里是片区的概念，仙阁里原是西郭社西面的一片山坡地。

西郭社东到仙源路，西邻仙岳社，南界仙岳路，北倚仙洞山，中间有条西郭路，从西郭新村门口通至仙岳路。仙源里小区隶属西郭社区，仙阁里小区隶属仙阁社区，两地以西郭路为界。

佘厝社：山种松柏，村建别墅

佘厝社在今 SM 城市广场二期、三期和台湾山庄别墅区一带，旧村庄早不见踪影，就算是本地人，想必知道佘厝社的人也不会太多。佘厝社位于西郭社的东面，紧挨湖里乌石浦社。在新中国成立初期，乌石浦、佘厝、西郭、屿后等四个社曾组成四盟村，隶属江头乡。乌石浦今属湖里区，其他三个社隶属思明区。

佘厝社曾在清光绪年间建设紫薇宫，祭保生大帝。1993 年，佘厝被征地拆迁后，紫薇宫在屿后北里异地重建。

在改革开放之前，西郭村的佘厝社、西郭社、屿后社的人数相当，均为四五十户约 200

观音寺山门

观音寺万佛宝塔

人，仙岳社倒是有百余户近 600 人。

　　佘厝社北望松柏山，松柏山下兴建观音寺，大门对联为：松柏钟灵开梵宇，观音显化示鹭门。近年来新建一座万佛宝塔，殿内供奉着千手观音。松柏山、仙洞山、仙岳山一起建成了仙岳公园，东抵嘉禾路，西邻狐尾山，是岛内两个行政区的最重要分界线。

　　1999 年兴建佘厝新村安置房，位于屿后北里。

仙岳社：上社下社，山上山下

　　仙岳社位于西郭村的西南端，在仙岳路旁，仙岳路因为沿仙岳山麓穿行而命名，仙岳隧道因为穿过仙岳山而命名。仙岳山海拔213米，并以它为主体建设了仙岳公园，成为厦门山海健康步道的重要组成部分。

　　仙岳社包括下社、上社两部分，下社在西，靠仙岳隧道一侧；上社在东，靠松岳里小区一侧。仙岳社老村庄高居仙岳山上，山道蜿蜒，屋舍层叠，基本由外来户暂住，口音五湖四海。他们或单独蹲坐路旁，点一根烟静想心事；或男人三五成群，围坐大树下玩老K；或相聚露天小坪，老人闲说往事，小孩嬉戏追逐。村口路旁设简易菜市场，无须店面，小摊足矣，逼仄的空间，满溢着烟火气。

　　又是一处山中村落，真是不来不知道！不知经过多少回仙岳路，不知穿过多少回仙岳隧道，现在才头一次知道，这里的山上还住着些熙攘人群，住

1999年仙岳山一角（曾少雄　摄）

在盘旋而上杂乱无章的房子里，多为旧房，少见新屋。

　　仙岳下社的村口坐落着仙乐宫，祭保生大帝，始建于清乾隆年间。"仙岳"与"仙乐"同音，不由得引人联想：难不成仙岳社原先称仙乐社，社因宫名？也有观点认为，仙岳早先叫"新落"，意思是莲坂叶氏前来开垦的"新聚落"，由于"乐"有两个音，"仙乐"也是"新落"的谐音。仙岳宫前侧，有座潮济宫，同祀保生大帝，庙很小，设施简陋，看上去像临时建筑。

　　仙岳上社的村口架设人行天桥，跨过仙岳路连接仙岳里。仙岳里兴建了仙岳社的安置小区，村民由此从山上迁居山下，告别自建房，入住商品房，而把留下的山上村舍租住给外来人员。仙岳里东邻市文化艺术中心，西界为湖滨东路，南面设有厦门水产学校，今改名为厦门海洋职业技术学院。仙岳里设有东岳路，从湖滨东路和仙岳社各取一字为名。

市文化艺术中心隔仙岳路的对面，设有市爱心护理院、市第一强制戒毒所、仙岳医院、莲岳学校等单位，兴建了松岳里居民区、建发悦享中心等。松岳里再往东是侨岳里，这里早年便建有侨建花园、侨建大楼等。

松岳里、侨岳里以侨岳路为分界线，该路相当于莲岳路延伸段，位于莲岳隧道上面，侨岳路边有民立第二小学、半山御景小区等。侨岳路以西属仙岳社区，以东区域连同仙阁里，均属仙阁社区。其实，从松岳里到侨岳里，再到半山御景一带，以前均为仙岳社与西郭社之间荒无人烟的连片山坡地。

仙岳社村口大榕树

仙岳公园

相关链接

官任社：崩坪山尾，国际社区

说起官任这地名，不由让人想起古时官员上任，颇有点高端大气上档次的味道。集美有个自然村也叫官任，得名于一位官员，相传 1822 年有一位进士路经那里，取地名为官任，沿用至今。

筼筜之滨的官任，原名称官浔，更早前叫崩坪尾，是很接地气的名字。

1988年的官任社（曾少雄 摄）

崩坪尾今昔

崩坪尾之名源于其地理地形。东渡狐尾山海拔 140 米，有人说它形似狐狸尾巴而得名，有人说它早时松林茂密，白鹤成群栖息，故称鹤尾山，本地话谐音为狐尾山。狐尾山西南向筼筜港中伸出一条尾巴，地势陡峭，经常崩塌，崖壁如削，宛如竖立的平地，故名崩坪尾。所以"崩坪尾"这三字，每字都有缘由，有人也写成邦坪尾、枋坪尾、坊坪尾等，本地话读音 bang pia mie，音同字不同，但要说最正宗的写法应是崩坪尾，因为每字都形象地反映出这地方的特征。

20 世纪 70 年代修建筼筜海堤时，崩坪尾被削掉部分山体，仅残留湖滨北路与东渡路交叉口的东北角。为防止崩坪尾继续滑坡塌方，山上密植桉树，固土护坡。不料 2016 年莫兰蒂台风又造成严重破坏，便采用了水泥网格加固。

古庙篁津宫

今坐落于凤凰名都小区的篁津宫始建于南宋，供奉保生大帝、妈祖、三元帅、李太子、观世音、注生娘娘等，是厦门岛内最早祭祀保生大帝的庙宇。

篁津宫背靠狐尾山，坐北朝南，古庙虽历经多次修缮，但梁柱主体是原初材质，颇为难得。被新建高楼包围下的篁津宫，一如往昔沉寂肃穆，不动声色地走过了近千年时光，2010 年之后重新翻建。

崩坪尾残留山体

水陆大枢纽

崩坪尾早先建有码头，是湖里西部乘船到厦门市区最便捷的口岸。古码头遗址在东渡路头，今建有街边小公园，位于东渡公交场站隔湖滨北路的对面。而在古码头隔东渡路的对面则建设了同益码头。可见这块区域无论古今，都是重要的水路交通枢纽。

这里也是重要的陆路交通要地。20 世纪 30 年代，崩坪尾公路向东通抵江头，向北通至高崎。如今，湖滨北路、东渡路、湖滨西路等大动脉在此交会，东渡公交场站设在此间。筼筜湖泄洪闸沟便处在公交场站的侧下方，湖水从西面、南面环绕着陆地。

1993年的西堤（曾少雄　摄）

国际风浓郁

崩坪尾原住民主要姓李、陈、刘，20世纪30年代前期，村民全部迁往南洋。20世纪30年代，村庄由官浔更名为枋坪尾，隶属思明县第七区，后属同安县禾山特种区。在1958年此处设立市乳牛场分场之前一直有人家居住。乳牛场撤走后，这里被划入东渡村，更名为官浔社。

1978年末，官浔社有60多户260多个村民。改革开放以后，官浔社摇身一变为官任国际社区，几十个国家和地区的老外常住于此，办集会，办市集，办沙龙，散发出浓郁的国际气息。在老外的消费带动下，笈笃路打造成了"咖啡一条街"，官任路成了"酒吧一条街"，风情万种，浪漫十足。

筼筜湖泄洪闸口

　　官任社今为官任社区，面积1平方公里，隶属筼筜街道，主要道路有湖滨北路、筼筜路、官任路、建业路、建兴路等，居民小区有凤凰山庄、港龙花园、武夷花园、西堤别墅等，金融机构于此扎堆，早年便有"金融一条街"之美誉。

筼筜路咖啡一条街